관선정에서 들리는
공부를 권하는 노래

관선정에서 들리는
공부를 권하는 노래

겸산 홍치유 선생 권학가
兼山 洪致裕 先生 勸學歌

저자 홍치유
역주 전병수

도서출판 수류화개

들어가며

2019년 8월 가족과 충북 보은으로 휴가를 떠났다. 보은에 도착하여 제일 먼저 들른 곳은 선병국가옥으로 불리는 우당고택愚堂古宅(보은군 장안면 개안리 소재)이다. 이곳은 전남 고흥 출신의 거부巨富 남헌南軒 선정훈宣政薰 선생이 터를 닦고 이주한 곳으로서, 당시 개화의 물결을 타고 전통에 얽매이지 않은 개량식 한옥이다. 또 선정훈 선생은 사재를 내어 이곳에서 멀지 않은 곳에 관선정서숙觀善亭書塾(이하 '관선정'이라 약칭)을 설립하였다. 시험을 통해 전국에서 학생을 선발하여 무료로 숙식과 교육이 이루어졌다. 구한말舊韓末 일제병탄기日帝倂吞期 일제의 식민교육에 맞서 전통한학을 가르치며 민족의식을 이은 근대한학의 산실로서, 청명靑溟 임창순任昌淳·산암汕巖 변시연邊時淵 등 약 200여 명의 학자를 배출하였다. 그러나 안타깝게도 관선정은 일제의 탄압으로 1944년 강제 철거되고 그 자리에는 현재 군부대가 들어서 있다.

고택을 둘러보다가 우연히 사랑채에서 홍영희 여사를 만나 직접 담근 오미자차를 대접받았다. 홍영희 여사는 관선정에서 12년 동안 교수를 하신 겸산兼山 홍치유洪致裕 선생의 3종 종손녀며, 선씨 집안의 둘째 며느리다. 오미자차를 마시며 이런저런 이야기를 나누다가 홍영희 여사가 친정아버지께서 기거하신 사랑채 큰 사랑방 벽장을 정리하면 서 편지 같은 것이 나왔는데 한문이 많이 있어 무슨 내용인지 잘 모르 겠다고 하며 필자에게 한번 살펴 달라고 하였다. 두루마리 형식의 한 축軸을 가져왔는데, 한글과 한문을 혼용하여 쓴 수고手稿였다. 살펴보 니 제목은 없고 전체 3장으로 이루어진 가사歌詞였다. 가사란 4음보音 步로 이루어진 가사의 문체로서 산문散文에 가까운 글이다. 격동의 시 대를 겪으며 유학儒學과 우리나라의 역사, 학술, 미래세대에 대한 당부 등 많은 고민이 담겨 있었다. 필자는 홍영희 여사에게 허락을 받아 사 진을 찍어 왔다.

휴가를 마치고 사진을 찍어온 가사를 다시 차분히 읽어보니, 어린아 이들에게 읽히면 간단한 유학儒學의 지식은 물론 공부에도 흥미를 갖

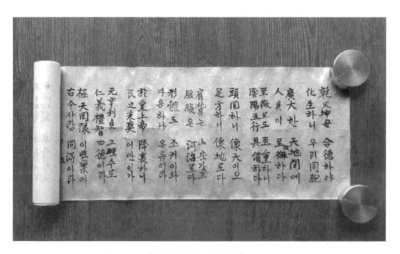

〈두루마리 형식의 초본〉

게 할 수 있겠다는 생각이 들었다. 한학의 지식이 조금이라도 있으면 읽기 어렵지 않으나 한학은 고사하고 한문도 익숙하지 않은 요즘 세대에게는 어렵게 느껴질 수도 있어, 원문을 입력하고 번역하며 전거典據 등을 찾아 주석을 달았다. 전체를 번역하고 보니 한문을 처음 배우려는 사람이 읽으면 쉽게 다가갈 수 있을 듯하여 출판을 계획하였고, 홍영희 여사도 흔쾌히 허락해 주었다.

출판을 준비하며 홍치유 선생의 문집 ≪겸산집兼山集≫을 살펴보던 중 이 가사와 같은 내용을 담고 있는 〈영언永言〉이라는 글을 찾았다. 〈영언〉에는 원주原注가 있으며, 내용도 1장을 제외하고 2장과 3장은 개정증보되어 있었다. 소지小識를 보니, 홍영희 여사가 보여준 축은 1918년에 지은 초본初本이었으며, 문집에 실린 〈영언〉은 일제의 병탄에서 해방된 1945년 9월 9일에 개정증보를 마친 개수본改修本이었다. 보통 초본과 개수본이 함께 남아 있는 경우가 거의 없는데, 다행히 두 본이 모두 남아 있어 개수한 내용과 일제치하에서 드러내놓고 말하지 못한 내용 등을 확인할 수 있었다. 그래서 필자는 다시 문집에 실린 개수본도 원문을 입력하며 번역하여 함께 출판하기로 하였다.

몇 자 안 되는 짧은 가사지만 홍치유 선생의 유학자로서의 모습, 역사학자로서의 모습, 교육자로서의 모습 등을 모두 살펴볼 수 있는 귀중한 자료다. 또한 관심을 두고 한문을 처음 배우려는 사람은 쉽고 재미있게 공부하여 유학의 모습과 우리나라의 역사를 개괄해 볼 수 있을 것이라 생각한다.

1. 관선정서숙觀善亭書塾과 홍치유洪致裕

1) 관선정서숙

관선정서숙은 남헌南軒 선정훈宣政薰(1888-1963) 선생이 사재를 내어 건립한 서숙이다. 선정훈 선생은 본래 전남 고흥 출신으로 부친 선영홍宣永鴻(1861-1924)과 함께 대동상사大東商社라는 무역회사를 설립하여 큰 부富를 쌓았다. 지금의 고택은 1903년에 터를 닦고 1919년 집을 짓기 시작하여 5년만인 1924년에 130여 칸으로 완성하였다고 한다.

또 1926년에는 고택에서 멀지 않은 곳에 30여 칸의 관선정서숙을 건립하였다. 유도儒道를 일으키고 한학漢學을 부흥하기 위해 매년

〈 남헌 선정훈 〉

봄·가을에 시험을 통해 학생을 선발하여 숙식과 교육을 무료로 제공하였다. 고택의 앞에 세운 남헌선정훈선생송덕비南軒宣政薰先生頌德碑에는 "오직 교육만이 구국의 길이라고 결심하여 관선정을 세우고 보은향교에서 대향회를 열어 훈학하였다."고 소개하고 있다.

'관선觀善'은 ≪예기禮記≫

〈학기學記〉의 "〈벗들이〉 서로 〈장점을〉 보면서 선해지는 것을 '연마'라고 한다.[相觀而善之謂摩]"는 말에서 따온 것이다. 여기서 연마[摩]라는 것은 정현鄭玄(후한後漢)이 "서로 절차탁마切磋琢磨하는 것이다.[摩 相切磋也]"라고 주석하였으니, 학생들이 서로 장점을 본받으면서 학문을 닦고 덕행德行을 수양하기를 바란다는 뜻을 담은 것이다.

 관선정을 세운 선정훈 선생은 이듬해인 1927년 봄에 겸산兼山 홍치유洪致裕 선생에게 관선정에서 강의해 줄 것을 청하였고, 홍치유 선생은 이를 허락하여 12년 동안 관선정에서 교수로서 강단을 주재하였다. 홍치유 선생은 본래 경북 봉화현奉化縣 두곡리斗谷里 출신으로 이미 1921년 충북 보은으로 이주하여 삼가리三街里·봉비리鳳飛里·누저리樓底里(현 누청리) 등지에서 후진을 양성하고 있었다.

〈관선정 조감도〉

홍치유 선생 외에 직암直菴 이철승李喆承(1879-1951) 선생도 약 3년 동안 관선정에서 교수를 하였다. 이철승 선생은 충남 서산 출신으로 위정척사론衛正斥邪論을 편 유학자 유진하俞鎭河(1846-1906) 문하에서 공부하였고, 경술국치庚戌國恥 후에는 스승 유진하가 있던 도호의숙桃湖義塾의 훈장을 맡아 지역 자제들을 가르쳤으며, 이때 교육받은 제자들이 지역 독립운동 세력의 주축이 되었다. 광복 후 충남 예산군 봉산면 궁평리로 이주하여 상평정사上坪精舍에서 후학을 양성하는 데 주력하였다.

또 추곡楸谷 김신규金愼圭, 창계滄溪 윤명학尹命學, 만취晩翠 황건수黃健秀, 설주雪舟 송운회宋運會 등이 있다. 송운회(1874-1965)는

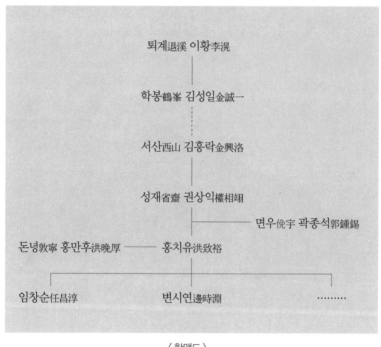

퇴계退溪 이황李滉

학봉鶴峯 김성일金誠一

서산西山 김흥락金興洛

성재省齋 권상익權相翊

면우俛宇 곽종석郭鍾錫

돈녕敦寧 홍만후洪晚厚 ─── 홍치유洪致裕

임창순任昌淳　　　　변시연邊時淵　　　　·········

〈학맥도〉

1934-1937년까지 관선정에서 서예를 가르쳤으며[1], 나머지는 인물정보
가 자세하지 않다.

관선정은 당시 일제의 식민교육에 맞서 전통한학을 가르치며 민족
정신을 이은 곳으로서, 1944년 일제의 탄압으로 강제 철거되기까지 약
200여 명의 학생이 관선정을 거쳐 갔다. 이후 1945년 경북 문경 농암
면 서령으로 옮기고, 또 경북 상주군 화북면 동관리로 옮겨 1951년까
지 명맥을 유지하였다고 한다. 이곳을 거친 학생이 1960-1970년대 우
리나라 한문학의 주류를 이루는데, 그중에서도 청명靑溟 임창순任昌
淳(1914-1999), 산암汕巖 변시연邊時淵(1922-2006) 선생 등이 유명하다.
임창순 선생도 지곡서당芝谷書堂(태동고전연구소)을 설립, 관선정과 마찬
가지로 학생을 선발하여 무료로 숙식과 교육을 제공하였으며, 변시연
선생도 손룡정사巽龍精舍와 한국고문연구회를 만들어 후학을 양성하
였다. 이는 선정훈 선생이 설립한 관선정이 있었기에 가능한 일이었다.

2) 홍치유 선생[2]

홍치유(1879-1946) 선생은, 관향貫鄕은 남양南陽이며, 자字는 응원
應遠, 호號는 겸산兼山이다. 병자호란丙子胡亂 이후 태백산太白山에 은

---

1 노금선, ≪설주 송운회 서예 연구≫ (전남대학교 문화재협동과정 박사학위논문, 2011)

2 겸산 홍치유 선생의 큰아들 홍사익洪思翊이 지은 〈선고겸산부군유사先考兼山府
君遺事〉와 무이 전 성균관대학교 교수 신석호申奭鎬기 지은 〈겸산홍신생묘비兼
山洪先生墓碑〉에 의거하여 작성하였다. 두 글은 모두 ≪겸산집兼山集≫에 부록
되어 있다.

거한 두곡杜谷 홍우정洪宇定의 9세손이며, 만우晩愚 홍철후洪哲厚와 안동권씨安東權氏의 둘째 아들로, 1879년 경북 봉화현奉化縣 두곡리斗谷里에서 태어났다.

어려서는 족숙族叔 돈녕敦寧 홍만후洪晩厚에게서 한학을 공부하였고, 13세부터 성재省齋 권상익權相翊 문하에서 수학하였으며, 면우俛宇 곽종석郭鍾錫의 집을 드나들며 의심나는 곳을 물었는데 경술經術과 문장文章이 노성老成하다고 인정을 받았으며, 20세 전후에 학술과 문장이 대가의 경지에 이르렀다.

1921년 충북 보은으로 이주하여 삼가리三街里·봉비리鳳飛里·누저리樓底里(현 누청리) 등지에서 후진을 양성하였고, 1927년부터는 선정훈 선생이 설립한 관선정에 교수로 초빙되어 12년 동안 강단을 주재하였으며 전후로 배출한 학자가 200여 명에 달하였다. 과목으로는 유학儒學의 경전經典 외에 국사國史와 예학禮學은 물론 시문詩文까지 아울러 익히도록 하였으며, 특히 국사에 중점을 두어 민족정신을 고취하게 하였다.

홍치유 선생의 학문은 학통에 얽매이지 않고 퇴계退溪 이황李滉 학설의 대체大體를 따르면서도 율곡栗谷 이이李珥의 리통기국론理通氣局論³을 리기설理氣說의 요체로 인정하였다. 저서로는 시문집詩文集 외에 ≪국사집요國史輯要≫, ≪예의작의禮儀酌宜≫ 및 학문하는 강령綱領을 논한 ≪입본立本≫, 가사歌詞인 〈영언永言〉이 있다.

---

3 리理는 보편적인 것이지만[理通] 리가 현상 세계에 실현되는 것은 기氣에 달려 있으므로 실제로는 기에 국한되는 것[氣局]이라는 설이다.

2. 〈영언永言〉

1918년에 지은 초본初本에는 제목이 없으나, 문집에는 '영언'이라는 제목이 달려 있다. 초본에 비춰보면 문집에 실려 있는 개정증보본에도 제목이 없었을 것으로 추정된다. 이 가사歌詞의 3장 44구(초본은 3장 35구)에 "영언삼장永言三章"이라는 말이 있기 때문에, 문집을 정리한 사람이 이 가사의 제목을 '영언'이라고 임의로 붙인 듯하다.

이 가사를 지은 이유를 홍치유 선생은 다음과 같이 밝히고 있다.

> "대체로 초학자에게 글만 읽으라고 하면 싫증을 내고 게으름을 피우기 도 하지만, 노래를 부르게 하면 쉽게 떨치고 일어나 분발한다. 그러므로 옛사람은 반드시 이것(노래)으로 그들을 가르쳤다." – 〈소지小識〉

이는 아이들이 어려운 노래 가사를 줄줄 외워 부르는 것과 같은 원리다. 학계에서는 대체로 20세기 이후로 가사 문학이 쇠퇴한 것으로 본다. 이는 기존 문학 생산의 주류였던 유학자들이 가사를 거의 남기지 않은 사정에만 주목한 탓이다. 그러나 동학 창시 이후 20세기 수많은 한국신종교가 탄생하고, 이들 교단 중 다수가 가사를 활발하게 창작하여 민중 교화에 활용하였다는 점에 비춰보면 이는 다소 편협한 시각인 듯하다. 곧 가사 문학은 종교 속으로 들어가 그 명맥을 유지한 것이다. 이에 비춰볼 때 홍치유 선생의 〈영언〉은 정통 유학자가 지은 가사이자 저자가 분명한 가사로서 그 가치를 지니고 있다.

〈영언〉은 홍치유 선생이 40세 되는 해인 1918년 여름 한양에서 지었다. 이때는 일제병탄기日帝倂呑期로서 밖으로 드러내지 못하고 감춘 말이 많아 못내 아쉬워한 듯하다. 광복을 맞이하자마자 〈영언〉을 개정 증보하여 그해 9월 9일에 탈고脫稿를 마친다. 이에 대해 홍치유 선생은 다음과 같이 술회하고 있다.

"지난 무오년(1918) 여름에 나는 신도新都(한양)에 머물렀는데, 일없이 지내는 것이 무료하여 마침내 이 노래를 지었다. 그중 제2장은 국사國史의 대략을 말하여 나의 북받치는 감정을 빗대었으나 당시에는 감추고서 감히 말하지 못한 것이 있었다. 지금은 시국이 예전과는 달라졌고, 경술년 이후의 일은 차마 말하기가 쉽지 않으나, 말하지 않으면 또한 글을 빠뜨리는 것이 된다. 그래서 그 근본에 입각하여 더 넣은 부분이 있고, 마지막 장章(3장)에서 말한 교육에 관련한 것도 시절에 따라 적절한 기준이 달라지기 때문에 아울러 손질하여 매끄럽게 다듬었다. 첫 장만은 이전과 다름없이 보태거나 뺀 것이 없다." - 〈소지小識〉

초본初本과 개정증보본은 단순히 글자를 수정한 것도 있고, 구절을 증보한 것도 있다. 1장은 홍치유 선생이 밝힌 것처럼 수정한 것이 없어 모두 24구로 동일하다. 2장은 초본이 38구, 개정증보본이 80구로 두 배가 넘는 42구를 증보하였으며, 3장은 초본이 36구, 개정증보본이 45구로 9구를 증보하였다. 1장은 유학儒學의 본질과 표상表象으로서 인간의 모습을 읊었고, 2장은 우리나라의 역사와 정치·학술의 연혁을 읊었으며, 3장은 학자가 실천해야 하는 수기치인修己治人의 큰 줄기를 읊었다.

홍치유 선생은 "한가하게 지낼 때마다 마을의 수재秀才 몇몇 사람에게 함께 목청껏 부르게 하였다."[4] 하고, 홍치유 선생의 큰아들 홍사익 洪思翊은 "학업을 익히는 사람에게 아침저녁으로 이 노래를 읊게 하였 다.[使肄業者, 朝夕諷咏之.]"라고 술회하였다.[5]

홍치유 선생이 "몽학蒙學을 권면하는 데에 혹시라도 조그마한 보탬 이라도 있을까 한다."라고 하였고, 또 초학자가 쉽게 떨치고 일어나길 바라는 마음에서 지은 것을 감안하여 가사의 유형을 '권학가勸學歌'로 규정하고, 초본과 개정증보본을 함께 번역하여 '관선정에서 들리는 공 부를 권하는 노래'라는 제목으로 출간한다. 필자의 조그만 보탬이 교 육만이 구국의 길이라 여겨 관선정을 설립하고 인재 양성에 물심양면 지원을 아끼지 않은 남헌 선정훈 선생과 후학양성을 자신의 책무로 삼 아 평생 교육에 힘쓴 홍치유 선생, 두 분의 마음이 지금에도 이어지길 바란다. 초본을 손수 내어 주고 출판을 허락해 주신 홍영희 여사와 꼼 꼼한 교정을 해주신 (사)전통문화연구회 박승주 연구위원, 그리고 가 사문학 전공자로서 최종원고를 살펴준 서울대학교 종교학과 박병훈 동학에게 감사를 표한다.

2020년 8월 8일
세종 경수재耕收齋에서
담주인潭州人 전병수 씀

---

4 〈소지小識〉

5 〈선고겸산부군유사先考兼山府君遺事〉

관선정에서 들리는
공부를 권하는 노래
목차

일러두기

1. 이 책은 겸산兼山 홍치유洪致裕 선생의 가사歌詞 〈영언永言〉의 1918년 초본初本
   과 1945년 개수본改修本을 역주譯注하여 합간合刊한 것이다. 초본은 두루마리
   형식의 축軸에 직접 쓴 수고手稿로서 홍치유 선생의 3종 종손녀 홍영희 여사 소
   장본을, 개수본은 ≪겸산집兼山集≫(임창순任昌淳 편, 회상사, 1986)에 수록된 것
   을 저본으로 사용하였다.
2. 초본에는 제목이 없고 ≪겸산집兼山集≫에는 '영언'으로 제목이 달려 있으나, 홍
   치유 선생의 저작 의도와 내용을 따라 '관선정에서 들리는 공부를 권하는 노래'
   라는 제목으로 서명을 정하였다.
3. 독자의 이해를 돕기 위해 필요한 곳에 보역補譯과 의역意譯을 하였다. 보역의 경
   우, 〈 〉를 사용하여 표시하였다.
4. 서명書名은 ≪ ≫, 편명篇名은 〈 〉를 사용하였다.
5. 독자의 편의를 위해 자의字意를 표시하였으며, 원주原注에는 |**원주**|, 역주譯注
   에는 |**역주**|를 표시하여 구분하였다.
6. 교감校勘 부호는 ( )와 [ ]를 사용하였다. ( )는 저본의 오자誤字 또는 연자衍字
   를, [ ]는 교감한 정자正字 또는 탈자脫字의 보충을 나타낸다.

一. 손으로 쓴 초본

乾父坤母 合德하야
化生하니 우리同胞

건과 곤이 덕을 합하여 〈만물을〉 낳았으니,
〈만물은 모두〉 우리 〈인간의〉 동포다.

乾 하늘 건   坤 땅 곤   德 덕 덕   化 변할 화   胞 자궁 포

|역주|

- 乾父坤母: 건乾과 곤坤은 각각 하늘과 땅의 성정性情으로 말한 것이니, 음양陰陽이라는 말과도 같다.
- 德: 천지天地가 만물을 화육化育하는 작용이다.
- 乾父坤母 合德: 양陽과 음陰이 서로 어우러져 작용한다는 말이다.
- 化生: 만들어 내다라는 말이다.
- 이 구절은 장재張載(송宋), 〈서명西銘〉의 다음 구절을 축약하여 말한 것이다.

"건乾은 아비라 이르고 곤坤은 어미라 이른다. 우리 〈인간의〉 이 보잘것없는 몸은 바로 그 사이에 하나처럼 완전히 섞여 있다. 그러므로 하늘과 땅을 가득 채우고 있는 〈음양의 기氣는〉 내가 〈그에 힘입어〉 형체를 이루고, 하늘과 땅의 기를 통솔하는 장수(리理)는 내가 〈그것을 얻어〉 성性을 이루었으니, 〈동일하게 하늘과 땅의 정기正氣와 청기淸氣를 타고난〉 백성은 나의 동포同胞고, 〈또한 인간과 같은 하나의 근원에서 나온〉 만물은 나의 동류同類다.[乾稱父 坤稱母 子茲藐焉 乃混然中處 故天地之塞 吾其體 天地之帥 吾其性 民吾同胞 物吾與也]"

1-2

廣大한 天地間에
人身이 至微하다

넓고 큰 하늘과 땅 사이에
사람의 몸이 지극히 미미하다.

廣 넓을광　　間 사이간　　身 몸신　　至 지극할지　　微 작을미

至微코도 至重하니
陰陽五行 具備하다

〈그러나 사람의 몸은〉 지극히 미미하고도 지극히 소중하니,
〈그 이유는 몸에〉 음양오행이 모두 갖춰져 있기 때문이다.

| 至 지극할 지 | 微 작을 미 | 重 소중할 중 | 陰 음기陰氣 음 |
| 陽 양기陽氣 양 | 行 갈 행 | 具 갖출 구 | 備 갖출 비 |

|역주|

- 陰陽五行: 음양陰陽은 우주 만물의 서로 반대되는 두 가지 기운으로, 이원적
二元的 관계를 나타낸다. 오행五行은 만물이 생성生成하고 변화하는 다섯 가지
원소元素로, 금金·목木·수水·화火·토土다.

頭圓하니 像天이요
足方하니 像地로다

〈사람의〉 머리는 둥그니 하늘과 같고,
발은 네모나니 땅과 같도다.

頭 머리두   圓 둥글 원   像 비슷할상   方 네모날 방

肩背는 山岳갓고
胸腹은 河海로다

어깨와 등은 산악과 같이 솟았고,
가슴과 배는 하해와 같이 넓도다.

肩 어깨 견　背 등 배　岳 큰산 악　胸 가슴 흉　腹 배 복
河 강 하　海 바다 해

1-6

形體도 조커이와
마음하나 웃듬이라

형체도 좋커니와
마음 하나가 으뜸이다.

形 모양 형   體 몸 체

1-7

於皇上帝 降衷하니
民之秉彝 이안인가

**아! 위대한 상제께서
〈사람에게〉 선善한 마음[衷]을 내려주셨으니,
〈선은〉 사람의 변함 없는 본성[秉彝]이 아니겠는가?**

於 감탄사 오　皇 훌륭할 황　帝 임금 제　降 내릴 강　衷 선심善心 충
民 사람 민　之 어조사〈~의〉지　秉 잡을 병　彝 떳떳할 이

|역주|

- 於皇上帝 降衷: ≪서경書經≫ 〈상서商書 탕고湯誥〉의 "위대한 상제께서 하민下民에게 선한 마음을 내려주셨다.[惟皇上帝 降衷于下民]"에서 나온 말이다.
- 民之秉彝: ≪시경詩經≫ 〈대아大雅 증민烝民〉의 "사람의 변함없는 본성 때문에, 이 아름다운 덕을 좋아하는 것이라네.[民之秉彝 好是懿德]"에서 나온 말이다.

元亨利貞 그 理수로
仁義禮智 四德이라

원·형·이·정은 그 이치대로 〈사람에게 품부稟賦되어〉
인·의·예·지 네 가지 덕이 되었다.

元 으뜸 원　亨 형통할 형　利 이로울 리　貞 곧을 정　仁 어질 인
義 옳을 의　禮 예도禮度 예　智 지혜로울 지

|역주|

* 이 구절은 ≪소학小學≫ 〈소학제사小學題辭〉의 "원·형·이·정은 천도天道의 일정한 법칙[常]이요, 인·의·예·지는 인성人性의 근본[綱]이다.[元亨利貞 天道之常 仁義禮智 人性之綱]"에서 나온 말이다. 원·형·이·정의 천도가 유행流行하여 사람에게 품부稟賦되면 인·의·예·지의 성性이 됨을 말한 것이다.
  원元은 만물을 생성生成함이 시작되는 길이니, 계절로는 봄, 사람에게는 인仁에 해당한다. 형亨은 만물을 생성함이 막힘없이 통하는 길이니, 계절로는 여름, 사람에게는 예禮에 해당한다. 이利는 만물을 생성함이 마무리[遂]하는 길이니, 계절로는 가을, 사람에게는 의義에 해당한다. 정貞은 만물을 생성함이 완성되는 길이니, 계절로는 겨울, 사람에게는 지智에 해당한다.

極天罔隊 이性稟이
古今사람 同得이라

**하늘이 다하도록 없어지지 않는 이 성품은
옛사람이나 지금 사람이나 똑같이 〈상제上帝에게〉 얻었다.**

極 다할 극   罔 없어질 망   隊(≒墜) 떨어질 추   稟 내려줄 품

|역주|

- **極天罔隊**: ≪소학小學≫ 〈소학제사小學題辭〉의 "다행히도 이 변함없는 본성은 하늘이 다하도록 없어지지 않는다.[幸玆秉彝 極天罔墜]"에서 나온 말이다.

관선정에서 들리는
공부를 권하는 노래

밝고밝은 寶鑑이요
말고맑은 止水로다

〈사람의 마음은〉 밝고 밝은 보배 같은 거울이고,
맑고 맑은 잔잔한 물이로다.

寶 보물 보　　鑑 거울 감　　止 잔잔할 지

|역주|

- 寶鑑·止水: 맑은 거울과 잔잔한 물, 곧 명경지수明鏡止水라는 말과 통한다. 맑고 고요한 마음의 상태를 비유한다.

耳目口鼻 뭇慾心이
日以心鬪 무삼일고

〈그러나〉 귀·눈·입·코로 〈인해〉 여러 욕심이 〈일어나〉
날마다 마음속에서 다툼은 무엇 때문인가?

耳 귀이   鼻 코비   慾 욕심욕   以 써이   鬪 싸울투

|역주|

- 耳目口鼻: 외물外物을 접하는 모든 감각기관을 이른다.
- 日以心鬪: ≪장자莊子≫ 〈내편內篇 제물론齊物論〉의 "〈잠에서〉 깨어나면 몸의 기관이 활동하여 접촉하는 사물과 분쟁을 일으키고 날마다 마음속에서 다툰다.[其覺也 形開 與接爲構 日以心鬪]"에서 나온 말이다.

七情이 熾蕩하야
六馬갖이 橫奔이라

칠정이 불길처럼 세차게 일어나
〈수레를 끄는〉 여섯 마리의 말처럼 마구 치달리기 때문이다.

情 마음의 작용 정   熾 성할 치   蕩 움직일 탕   馬 말 마   奔 달릴 분
橫 제멋대로 횡

|역주|
- 七情: 희로애구애오욕喜怒哀懼愛惡欲, 곧 기쁨·노여움·슬픔·두려움·사랑함·미워함·욕망이다.

蚩蚩한 衆人들언
赴水蹈火 可憐하다

어리석은 일반 사람들은
물속으로 뛰어들고 불길로 뛰어드니, 가엾고 불쌍하다.

蚩 어리석을 치 衆 무리 중 赴 달릴 부 蹈 뛰어들 도 憐 불쌍할 린

|역주|

- **蚩蚩**: 무지한 모양을 말한다.
- **蚩蚩한 衆人들언**: ≪소학小學≫ 〈소학제사小學題辭〉에 "일반 사람은 어리석어 물욕物欲이 서로 〈성性을〉 가려, 마침내 그 기강을 무너뜨려 자포자기自暴自棄를 편안하게 여긴다.[衆人蚩蚩 物欲交蔽 乃頹其綱 安此暴棄]"라는 말이 나온다.
  맹자孟子는 "말할 때마다 예의禮義를 비방하는 것을 '자포'라고 이르며, 나는 몸소 인仁을 간직하고 의義를 따라 실천하지 못한다고 하는 것을 '자기'라고 이른다.[言非禮義 謂之自暴也 吾身不能居仁由義 謂之自棄也]"라고 하였다.(≪맹자孟子≫ 〈이루離婁 상上〉)

禽獸갗이 지내다가
草木갗이 썩어지면

〈사람으로 태어나〉 금수처럼 지내다가
초목처럼 썩어 없어지면

禽 날짐승금   獸 들짐승수   草 풀초

|역주|

* 이 구절은 세상에 이름을 남기지 못하고 허무하게 죽음을 비유한다. 장구소張 九韶(명明)의 《리학류편理學類編》 권6 〈인물人物〉에 다음과 같이 말하였다.

  "사람이 만물과 천지의 사이에서 함께 살지만, 본래 만물보다 귀함을 알아 야 한다. 〈사람이〉 본래 만물보다 귀함을 안다면 하늘이 이 리理를 나에게 품부하고 내가 이 리를 받아 성性으로 삼았음을 알 것이니, 스스로 그 도리 를 다 발휘하지 않을 수 있겠는가. 진실로 그 도리를 다 발휘하지 못하고 자 취도 없이 사라지는 지경에 스스로 버려지는 것을 달게 여긴다면 살아서는 금수禽獸와 함께 가고 죽어서는 초목과 함께 썩어 없어지는 격이다. 아! 서 글플 뿐이다.[人與萬物並生於天地之間 當知自貴於物 知自貴於物 則天以是理賦於 我而我受之以爲性者 可不自盡其道哉 苟不能盡其道而甘自棄於殄絕之域 則是生與 禽獸同行 死與草木同腐 吁 可衰也已.]"

浪生浪死 姑舍하고
사람일흠 붉그럽다

**헛되이 살다가 헛되이 죽는 것은 고사하더라도
사람이라는 이름이 부끄럽다.**

浪 허망할랑   死 죽을사   姑 우선고   舍(≒捨) 버려둘사

古聖賢이 盛德大業
別件物事 안이로다

옛 성인聖人과 현인賢人의 성대한 덕과 큰 업적은
〈일상생활과 동떨어진〉 별다른 일이 아니다.

古 옛고   聖 걸출할성   賢 어질현   盛 성대할성   業 일업
別 다를별   物 일물   事 일사   件 일을세는단위건

惇倫하고 崇禮하고
持敬하고 存誠하니

〈옛 성인과 현인은〉
인륜을 돈독히 지키고, 예를 높이고,
경을 견지하고, 성을 보존하였으니,

惇 성실히 지킬 돈　倫 윤리 륜　崇 높일 숭　持 유지할 지　敬 공경할 경
存 보존할 존　　　　誠 진실할 성

本分上에 우리學問
日用常行 茶飯이라

본분상 우리 학문은
일상생활에서 늘 실천하는 예사로운 일이다.

本 뿌리 본   分 분수 분   學 배울 학   問 물을 문   用 쓸 용
常 항상 상   行 실천할 행   茶 차 다   飯 밥 반

|역주|

- 우리 학문: 유학儒學을 말한다.
- 茶飯: 늘 먹는 차와 밥이라는 말로, 특별하거나 대단할 것이 없다는 말이다.

1-19

童幼時로 講習하야
習與性成 오래지면

어릴 때부터 〈우리 학문을〉 익혀서
습관이 천성天性처럼 변함이 오래되면

童 아이 동   幼 어릴 유   時 때 시   講 익힐 강   習 익힐 습
與 더불 여   成 이룰 성

|역주|

- **習與性成**: 익힌 것이 완전히 내 것이 되어 태어날 때부터 품부받은 성性(본연지성本然之性)처럼 된다는 말이다.

厥初에 稟受하든
氣質조차 變化하네

그 처음에 〈하늘로부터〉 품수 받은
기질마저 변화한다네.

厥 그 궐   初 처음 초   稟 내려줄 품   受 받을 수   氣 기운 기
質 바탕 질   變 변할 변

|역주|

* 厥初: 《소학小學》〈소학제사小學題辭〉에 "대체로 이 성性은 그 처음에 선하지 않음이 없다.[凡此厥初 無有不善]"라고 하였다. 집설集說에서 요로饒魯가 "궐초厥初는 본연本然을 이른다.[厥初 謂本然也]"라고 하였으니, 궐초는 인간이 처음 하늘로부터 품부받을 때를 말한다.

* 氣質: 기질지성氣質之性이다. 기질지성은 혈기血氣, 곧 육체를 갖춤으로부터 후천적으로 형성되는 성품이다. 기질에는 청탁淸濁이 있고, 이 청탁에 따라 사람마다 다른 인성이 만들어진다. 성리학性理學에서는 학문과 수양修養을 통해 기질지성을 변화시켜 리理의 상태(본연지성本然之性)를 회복할 수 있다고 한다.

柔한者도 堅剛하고
愚한者도 智慧잇서

〈기질氣質이〉 유약한 자도 굳세고 단단해지며,
어리석은 자도 지혜가 생겨

柔 부드러울 유   者 사람 자   堅 굳셀 견   剛 단단할 강   愚 어리석을 우
慧 슬기로울 혜

希賢하고 希聖하니
踐形惟肖 이 안인가

현인賢人이 되기를 바라고 성인聖人이 되기를 바랄 것이니,
타고난 성性을 모두 구현해 나가는 것은
〈천지와〉 닮은 사람뿐이 아니겠는가.

希 바랄 희   賢 어질 현   聖 걸출할 성   踐 밟을 천   形 몸 형
惟 오직 유   肖 닮을 초

|역주|

- **希賢·希聖**: 주돈이周敦頤(송宋), 《통서通書》〈지학志學〉의 "성인은 하늘처럼 되기를 바라고, 현인은 성인처럼 되기를 바라고, 사인士人은 현인처럼 되기를 바란다.[聖希天 賢希聖 士希賢]"에서 나온 말이다.

- **踐形**: 《맹자孟子》〈진심盡心 상上〉의 "〈사람의〉 형체와 용모는 타고난 성性이다. 오직 성인인 뒤에야 타고난 성을 모두 구현할 수 있다.[形色 天性也 惟聖人然後 可以踐形]"에서 나온 말이니, 사람이 하늘로부터 품부 받은 성性을 그대로 실천하여 구현하는 것이다.

- **踐形惟肖**: 장재張載(송宋), 〈서명西銘〉의 "타고난 성性을 구현해 나가는 것은 〈천지를〉 닮은 사람뿐이다.[其踐形 惟肖者也]"에서 나온 말이다. 주희朱熹는 "만약 사람의 성性을 다 발휘하여 사람의 형체에 온전히 부합하면 천지와 서로 비슷하여 〈천리天理를〉 이기지 않는다. 그러므로 '〈천지와〉 닮은 사람[肖]'이라고 한 것이다." 라고 풀이하였다. 여기서 천지天地는 앞 1장에 나온 '건부곤모乾父坤母'를 뜻한다.

非人이면 不學이오
不學이면 非人이라

사람이 아니면 배우지 않고,
배우지 않으면 사람이 아니다.

非 아닐 비   學 배울 학

〈 목독木牘 : 주마루오간走馬樓吳簡 〉

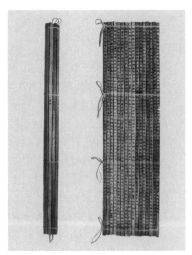

〈 죽간竹簡 : ≪의례儀禮≫ 간책 복원 모습 〉

관선정에서 들리는
공부를 권하는 노래

古人이 嘉言善行
方策에 自在하다

**옛사람의 좋은 말과 좋은 행실이
책에 실려 있다.**

右第壹章二十四句

이상은 제1장이니, 〈모두〉 24구다.

嘉 아름다울 가　　言 말씀 언　　善 착할 선　　方 모날 방　　策 대쪽 책
自 본래 자　　　　在 있을 재

|역주|

● **方策**: 방책方冊과 같은 말로 책을 말한다. 방方은 목독木牘, 책策은 대쪽, 곧
　 죽간竹簡을 말한다. 종이가 발명되기 전에는 대나무나 나무를 길고 네모나게
　 잘라 거기에 글씨를 쓰고 가죽끈으로 엮어 책을 만들었다.

鴻濛日月 어느때요
書契以前 尙矣로다

하늘과 땅이 갈라지기 전의 태초太初는 어느 때인가?
서계를 만들기 이전의 상고上古 시대다.

鴻 클 홍   濛 어두울 몽   書 글 서   契 새길 계   尙(≒上) 오랠 상

|역주|

- **鴻濛日月**: 홍몽鴻濛은 하늘과 땅이 갈라지기 이전의 혼돈 상태 곧 태초의 상태고, 일월日月은 세월歲月이다.
- **書契**: 중국 고대 전설상의 제왕 복희씨伏羲氏가 만들었다고 하는 문자다. 나무를 깎고 깎은 면에 글씨를 새겼다고 한다.

聖人이 首出하니
人文이 宣朗이라

성인이 먼저 나오니,
인류의 문화가 밝게 드러났다.

聖 걸출할성   首 먼저수   出 나올출   宣 떨칠선   朗 밝을랑

河圖바다 八卦굿고
洛書나자 九疇로다

〈하도〉를 받아 팔괘를 굿고,
〈낙서〉가 나오자 〈홍범구주洪範九疇〉를 만들었도다.

河 물줄기 이름 하　卦 점괘 괘　洛 물줄기 이름 락　疇 경계 주

|역주|

- 河圖: 복희씨伏羲氏 때에 황하黃河에서 용마龍馬가 지고 나왔다는 55개의 점으로 된 그림이다. 복희씨가 이를 토대로 팔괘八卦를 그렸으며, 〈낙서洛書〉와 함께 ≪주역周易≫의 기본 이치가 되었다고 한다.
- 洛書: 우禹 임금이 홍수를 다스릴 때, 낙수洛水에서 나온 큰 거북의 등에 그려 있었다는 49개의 점으로 된 그림이다. 〈홍범구주洪範九疇〉의 근원이 되었다고 한다.

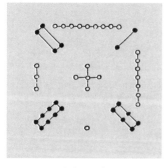

〈하도河圖〉

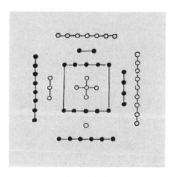

〈낙서洛書〉

- 洪範九疇: 우임금이 요순堯舜 이래의 사상을 정리하여 집성한 9조목으로 된 정치도덕의 기본 원칙이다. 그 조목은 오행五行·오사五事·팔정八政·오기五紀·황극皇極·삼덕三德·계의稽疑·서징庶徵·오복五福·육극六極이다. 주周 무왕武王이 은殷나라를 멸하고 주周나라를 세운 뒤에 기자箕子에게 전해받은 것이라고 한다. ≪서경書經≫에 〈홍범洪範〉이 있다.

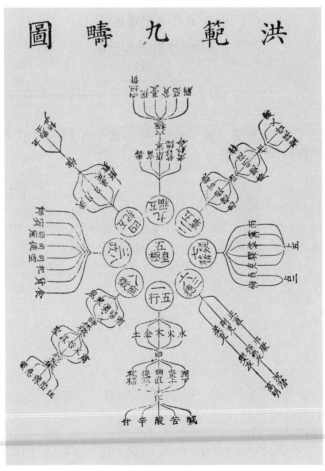

〈홍범구주도洪範九疇圖〉

白日이 中天하니
唐虞時代 文明하다

밝은 해가 중천에 뜨니,
당우시대가 밝게 빛났다.

白 밝을 백   日 해 일   唐 나라이름 당   虞 나라이름 우   代 시대 대
文 화려할 문   明 빛날 명

|역주|

- 白日: 군주를 비유하는 말로, 어진 성군聖君 곧 요堯임금과 순舜임금을 말한다.
- 唐虞: 당唐은 요堯임금의 나라, 우虞는 순舜임금의 나라다.

우리 東國 갖이 밝아
檀木下에 神君이라

우리 동국도 같이 밝아져
⟨태백산太白山 꼭대기⟩ 신단수神檀樹 아래에
신군이 ⟨내려오셨다.⟩

東 동녘 동　　國 나라 국　　檀 박달나무 단　　神 신령할 신

|역주|

- 太白山: ≪삼국유사三國遺事≫에는 지금의 묘향산妙香山이라고 하였다.
- 神檀樹: ≪제왕운기帝王韻紀≫ 권 하下 ⟨동국군왕개국연대東國君王開國年代 병서並序⟩와 ≪세종실록世宗實錄≫ ⟨지리지地理志⟩에는 '檀'으로 되어 있고, ≪삼국유사≫에는 '壇'으로 되어 있다. 神壇樹는 신에게 제사지내는 제단祭壇 근처에 있는 나무를 뜻하고, 神檀樹는 신령한 나무를 뜻한다. 檀에 대해서는 박달나무라고도 하고, 또는 자작나무라고도 한다.
- 神君: 단군檀君을 말한다. 단군은 단군왕검檀君王儉·단웅천왕檀雄天王이라고도 한다. 천제天帝 환인桓因의 손자이자 환웅桓雄의 아들로, 서기전 2333년 아사달阿思達에 도읍을 정하고 조선朝鮮을 개국하였다.(≪삼국유사三國遺事≫ 권1 ⟨기이奇異 고조선古朝鮮⟩)

白馬가 東出하니
开田가에 楊柳로다

**백마가 동쪽으로 나오니,
개간한 농토 가에 버드나무를 심었도다.**

白 흰 백   馬 말 마   東 동녘 동   出 나올 출   开(≒開) 열 개
楊 버드나무 양 柳 버드나무 류

|역주|

- 白馬東出: 백마白馬는 은殷나라의 기자箕子를 가리킨다. 백마동출은 기자동래箕子東來라는 말과 같으니, 은나라가 멸망하자 기자가 조선朝鮮으로 넘어와 왕이 되었다는 설을 말한다. 현재 학계에는 이 설이 옳지 않다고 주장하는 학자가 많다.
- 개간한 농토 가: 기자가 조선에 온 뒤, 평양平壤에 도읍하여 정전법井田法을 시행하였으며, 평양성 남쪽 외성外城에 기자가 정전井田을 구획한 흔적이 남아 있었다고 한다. 그러나 이에 대해서는 고구려가 평양으로 천도한 전후의 도시계획 결과물이라는 설과 고구려 멸망 후 당나라 군대가 설치한 둔전屯田의 유제遺制라는 설이 있다.(한치윤韓致奫, ≪국역 해동역사海東繹史≫ 권25 〈식화지食貨志 전제田制〉)
- 버드나무를 심었도다: 이 때문에 평양을 유경柳京이라고도 한다.

八條政펴 인後에
禮樂文物 彬夕하다

팔조금법八條禁法이 시행된 뒤에
〈동방의〉 예악과 문물이 조화를 이루었다.

條 가지 조   政 정사 정   禮 예도 예   物 물건 물   彬 조화로울 빈

|역주|

- 文物: 문화文化의 산물로, 곧 법률法律·학문學問·예술藝術 등을 말한다.
- 八條政: 정政은 법法자와 같다. 팔조법은 기자箕子가 조선朝鮮으로 넘어온 뒤에 시행하였다는 여덟 가지 금법禁法이다. ≪삼국지三國志≫ 〈위지魏志 동이전東夷傳〉에 "옛날에 기자가 조선으로 간 뒤에 여덟 가지 가르침을 만들어 교화하니, 문을 걸어 닫는 일이 없었으나 백성이 도둑질하지 않았다.[昔箕子旣適朝鮮 作八條之敎以敎之 無門戶之閉而民不爲盜]"라고 하였다.
  안정복安鼎福의 ≪동사강목東史綱目≫ 〈제일第一 상上〉에 다음 세 가지 조목이 인용되어 있다. "1. 사람을 죽인 경우, 목숨으로 〈죄를〉 갚는다. 2. 사람을 다치게 한 경우, 곡식으로 〈죄를〉 갚는다. 3. 남의 물건을 훔친 경우, 남자는 〈신분을〉 박탈하여 그 〈도둑질한〉 집안의 종으로 삼으며 여자는 관청의 노비로 삼는다. 따로 재물을 바치고 죄를 면제받길 원할 경우, 사람마다 50만 전錢을 내야 한다.[相殺償以命 相傷以穀償 相盜者 男沒爲其家 奴女爲婢 自贖者 人五十萬]"≪한서漢書≫ 권28 하下 〈지리지地理志 제팔第八 하下 연지燕地〉에는 '相殺以當時償殺 相傷以穀償 相盜者 男沒入爲其家奴 女子爲婢 欲自贖者 人五十萬'으로 되어 있다.

三韓世界 分裂하야
戰伐은 무삼일고

삼한 세계가 분열하여
전쟁을 벌임은 무엇 때문인가?

韓 대한민국 한 **世** 세상 세 **界** 지경 계 **分** 나누어질 분 **裂** 찢어질 렬
戰 싸울 전 **伐** 칠 벌

|역주|
- 三韓世界: 고구려高句麗·백제百濟·신라新羅 지역을 이른다.

관선정에서 들리는
공부를 권하는 노래

仙桃山 龍馬소래
娠賢肇邦 非常하다

선도산의 용마 소리,

〈성모聖母가〉 어진 이를 임신하고

〈그 아들이〉 나라를 창건하였으니 예사롭지 않다.

仙 신선 선   桃 복숭아 도   娠 임신할 신   肇 창시할 조   邦 나라 방
常 평범할 상

|역주|

- 이 구절은 신라新羅의 시조 박혁거세朴赫居世의 탄생 설화를 읊은 것이다.

- 仙桃山 龍馬소래: 선도산은 경북 경주시 서쪽에 있는 산이름이다. 서술산西述山·서형산西兄山·서연산西鳶山으로도 부른다.

  ≪삼국유사三國遺事≫ 〈신라시조新羅始祖 혁거세왕赫居世王〉에 다음과 같은 기록이 있다.

  "양산楊山 아래 나정蘿井 곁에 번개처럼 기이한 기운이 땅에 비치는데 흰말 한 마리가 꿇어앉아 절하는 모습을 하고 있었다. 그곳을 찾아가 살펴보니, 자주빛이 감도는 알이 하나 있었다. 말은 사람을 보고 길게 울고는 하늘로 올라갔다. 그 알을 깨니 사내아이가 나왔는데, 얼굴과 자태가 단정하고 아름다웠다. 놀랍고 기이하게 여겨 이 아이를 동천東泉에서 목욕시키니, 몸에

서 광채가 나고 날짐승·들짐승이 모두 춤을 추었으며, 하늘과 땅이 진동하고 해와 달이 맑아졌다. 그러므로 이로 인해 '혁거세왕'이라고 이름을 지었다.【〈혁거세는〉 아마 신라의 말일 것이다. '불구내왕弗矩內王'이라고도 하니, 세상을 밝게 다스린다는 말이다. 해설하는 이가 '이분(혁거세)은 서술산西述山의 성모聖母가 낳은 분이다. 그러므로 중국 사람의 찬讚에「선도산仙桃山의 성모가 어진 이를 임신하였고 〈그 아들이〉 나라를 창건하였다.」라는 말이 이것이다.'라고 하였다.】[楊山下蘿井傍 異氣如電光垂地 有一白馬跪拜之狀 尋撿之 有一紫卵 馬見人長嘶上天 剖其卵得童男 形儀端美 驚異之 浴於東泉 身生光彩 鳥獸率舞 天地振動 日月淸明 因名赫居世王【蓋鄕言也 或作弗矩內王 言光明理世也 說者云 是西述聖母之所誕也 故中華人讚仙桃聖母 有娠賢肇邦之語 是也】]"

성모聖母는 본디 중국 제실帝室의 딸로 이름은 파소婆蘇다. 그는 일찍 신선술神仙術을 터득하고 우리나라에 와 머무르며 오래도록 돌아가지 않고 신神이 되었는데, 신라의 시조 박혁거세를 낳았다고 한다.(《삼국유사》 〈선도성모수희불사仙桃聖母隨喜佛事〉)

〈 경북 경주 선도산성 남북면 전경 〉, 국립중앙박물관

관선정에서 들리는
공부를 권하는 노래

2-10

三姓이 相傳하니
揖讓遺風 可觀이라

〈박朴·석昔·김金〉 세 성씨姓氏가 서로 〈왕위를〉 전하니,
읍양의 예禮를 지키는 풍속이 볼 만하다.

姓 성 성   傳 전할 전   揖 읍할 읍   讓 사양할 양   遺 남길 유
風 풍속 풍   觀 볼 관

|역주|

- 三姓: 신라新羅의 박朴, 석昔, 김金 세 성씨를 말한다.
- 揖讓: 읍하는 동작과 사양하는 동작으로, 겸손히 예禮를 실천함을 말한다.

文武衣冠 高麗國에
基業이 鞏固터니

문무 백관百官의 의관제도衣冠制度를 〈갖춘 뒤〉
고려국의 기업이 공고해졌는데,

武 무반무   冠 갓관   高 높을고   麗 아름다울려   基 바탕기
業 일업   鞏 굳을공   固 굳을고

|역주|
● 이 구절은 고려의 6대 왕 성종成宗이 유학儒學을 정치이념으로 삼고 당唐나라
  제도를 받아들여 내외의 정치제도를 정비한 것을 이른다. 특히 중앙관제를 삼
  성육부三省六部로 개편하여 고려 중앙관제의 기본을 이루었다.

  삼성三省은 중서성中書省·문하성門下省·상서성尚書省, 육부六部는 이부吏
  部·호부戶部·예부禮部·병부兵部·형부刑部·공부工部다. 중서성은 조칙詔勅에
  관한 사무를 보며, 문하성은 임금의 명령을 전달하고 신하의 건의를 받아들
  이는 사무를 보며, 상서성은 실제 국무國務를 맡아 집행하는 기관으로 아래에
  육부를 거느린다.

尚佛하자 短祚하니
野花詩句 可憐하다

**불교를 숭상하자 제위帝位를 짧게 누렸으니,
들꽃을 읊은 시구절이 애처롭다.**

尚 높일 숭   佛 부처 불   短 짧을 단   祚 제위 조   野 들 야
花 꽃 화   憐 가엾을 린

|역주|

- 이 구절은 고려말 공민왕恭愍王이 신돈辛旽을 등용하고, 특히 공민왕 14년 (1365) 노국대장공주魯國大長公主가 죽은 뒤에 신돈에게 국정을 맡긴 불과 9년 (공민왕 23년, 1374)만에 공민왕이 암살당한 것을 읊은 것이다.
- 野花詩: 고려 말엽에 국세國勢가 위태로워지자, 어떤 중이 포은圃隱 정몽주鄭 夢周에게 준 시를 이른다. 그 시는 다음과 같다.

> 강남 만 리에 들꽃 활짝 피었으니   江南萬里野花發
> 어딘들 봄바람에 좋은 산수山水 없으랴   何處春風無好山

정몽주가 이 시를 보고 눈물을 줄줄 흘리며 "아! 늦었네, 늦었어.[嗚呼 其晚也 其晚也]"라고 하였다 한다. 이상은 서거정徐居正, ≪동인시화東人詩話≫ 권 하下 에 나온다.

善竹橋 붉은피난
理學中에 忠義로다

선죽교 붉은 피는
리학 중 충성과 절의節義〈의 상징이〉로다.

善 착할 선   竹 대나무 죽   橋 다리 교   理 이치 리   忠 충성 충
義 의로울 의

|역주|

- **善竹橋**: 개성시開城試 선죽동善竹洞에 있는 돌다리다. 고려의 태조가 개성 시가지를 정비할 때 축조한 것으로 추정한다. 원래 선지교善地橋라고 불렀는데, 정몽주가 이방원 일파에게 피살된 날 밤에 다리 옆에서 참대가 솟아나왔다고 하여 선죽교로 불렀다고 한다.

- **理學**: 정자程子와 주자朱子의 정주학程朱學, 곧 성리학性理學을 말한다. 정몽주는 고려 성리학의 비조鼻祖·조종祖宗으로 일컬어졌는데, 고려말 이색李穡은 정몽주를 동방 리학理學, 곧 성리학의 조종으로 평가하였다.

漢陽城 蔥瓏佳氣
仙李樹에 王春이라

**한양성 영롱한 기운은
선리수 봄기운을 불어 넣었다.**

漢 물이름 한	陽 볕 양	城 도읍 성	蔥 푸를 총	瓏 환할 롱
佳 아름다울 가	氣 기운 기	仙 신선 선	李 오얏 리	樹 나무 수
春 봄 춘				

|역주|

- 이 구절은 조선 건국 초, 고려의 수도 개경開京에서 한양으로 천도遷都한 것이 조선의 국운國運에 좋은 영향을 끼쳤음을 말한 것이다.
- 仙李樹: 원래 오얏나무 아래에서 태어나 이李를 자신의 성姓으로 삼은 노자老子를 가리킨다. 당唐나라 이세민李世民도 노자를 이씨李氏의 시조로 추앙하였다. 조선이 이씨 왕조기 때문에 선리수에 빗댄 것이다. 봄기운을 불어 넣었다는 것은 조선의 희망찬 앞날을 비유적으로 이른 말이다.
- 王春: 주력周曆에서 봄을 이르는 말이다.

慶會樓 賞花宴에
滿朝百官 盡醉하다

경회루의 상화연에서
조정의 모든 벼슬아치가 술에 흠뻑 취하였다.

| 慶 경사 경 | 會 모일 회 | 樓 누대 루 | 賞 감상할 상 | 宴 잔치 연 |
| 滿 가득찰 만 | 朝 조정 조 | 盡 한껏 진 | 醉 술취할 취 | |

|역주|

* 賞花宴: 늦은 봄에 꽃을 감상하는 연회다. 중종中宗 때 경회루에서 상화연을 베풀었다는 기사가 있다.(≪영조실록英祖實錄≫ 권64 영조 22년 8월 22일 4번째 기사)

中仁盛際 이안인가
三代至治 庶幾터니

중종中宗과 인종仁宗의 때는 성세盛世가 아닌가?
〈하夏·은殷·주周〉세 왕조의 지극한 다스림을 바랐는데,

盛 성대할 성   際 즈음 제   庶 거의 서   幾 가까울 기

|역주|

* 中仁: 조선의 제11대 왕 중종中宗과 제12대 왕 인종仁宗이다.
* 三代: 중국의 하夏·은殷·주周 세 왕조인데, 역사상 가장 태평한 시대라고 한다.

禁葉虫彫 可痛하다
先正文臣 被禍하내

궁궐의 나뭇잎에 벌레가 〈글씨를〉 갉아놨으니 애통하다.
선정문신이 화를 당하였네.

禁 금지할 금	葉 나뭇잎 엽	虫(≒蟲) 벌래 충	彫 새길 조
痛 가슴아플 통	被 당할 피	禍 재앙 화	

|역주|

● 虫彫: 벌레가 '走肖爲王'이라는 글씨 모양으로 나뭇잎을 갉아 먹은 것을 말한다.

● 先正文臣: 조광조趙光祖를 이른다.

● 被禍: 중종中宗 14년(1519)에 남곤南袞·홍경주洪景舟 등의 훈구파勳舊派가 조광조 등 신진 사류를 숙청한 사건을 말한다. 이를 '기묘사화己卯士禍'라고 부른다.

2-18

一綱十目 剴切議論
國朝에 龜鑑이라

〈이언적이 올린〉〈일강십목소〉의 절실한 의론은
나라의 귀감이다.

綱 벼리 강 目 조목 조 剴 간절할 개 切 간절할 절 議 의론할 의
論 서술할 론 龜 거북 귀 鑑 거울 감

|역주|

- 一綱十目: 〈일강십목소一綱十目疏〉다. 중종中宗 36년(1541) 4월 2일에 홍문관弘文館 부제학副提學 이언적李彦迪이 관원들과 함께 자연재해를 극복하기 위해 임금이 힘써야 할 10가지 일에 관해 올린 상소다. 1강綱 10조목條目으로 이루어져 있다.

  1강은 임금의 마음[人主之心術]이니, 학문을 통해 마음을 바르게 해야 한다는 것이다. 10조목은 첫째 집안을 다스리는 일을 엄격하게 함[嚴家政], 둘째 세자를 보양保養함[養國本], 셋째 조정을 바르게 함[正朝廷], 넷째 인재를 등용하고 버리는 일을 신중하게 함[愼用舍], 다섯째 천도를 순히 따름[順天道], 여섯째 인심을 바르게 함[正人心], 일곱째 언로를 넓힘[廣言路], 여덟째 사치와 욕망을 경계함[戒侈欲], 아홉째 군정을 정비함[修軍政], 열째 기미를 살핌[察幾微]이다.

千載예 寒水秋月
海東考亭 다시밝고

천년 만에 차가운 물과 가을 달 같은
우리나라의 주자朱子(퇴계 이황)가 다시 나오고

載 해 재　　**寒** 찰 한　　**秋** 가을 추　　**海** 바다 해　　**考** 살필 고
亭 정자 정

|역주|

- 寒水秋月: 차가운 물과 가을밤의 달이니, 덕德이 있는 사람의 맑고 깨끗한 마음을 비유한다.
- 海東考亭: 퇴계退溪 이황李滉을 가리킨다. 고정考亭은 주희朱熹의 호號다.

聖學要輯 經國忠謨
百世可 仰高山이라

성학의 요점을 모으고 나라를 경륜經綸하는 충성스러운 계책은
백세토록 우러를 높은 산이다.

聖 걸출할 성　要 요점 요　輯 모을 집　經 다스릴 경　忠 충성 충
仰 우러를 앙　謨(≒謀) 계책 모

|역주|
- 이 구절은 율곡栗谷 이이李珥에 대해 읊은 것이다.
- **聖學要輯**: ≪성학집요聖學輯要≫를 편찬한 것을 말한다.
- **經國忠謨**: 〈시무육조時務六條〉, 〈만언봉사萬言封事〉 등 많은 상소문을 올려 정치·경제·문교·국방 등에 가장 필요한 방안을 구체적으로 제시한 것을 말한다.

五百年 菁莪治化
群賢이 輩出하니

조선조 오백 년 동안
인재를 기르고 〈어진 정치로 백성을〉 다스려 교화하여
많은 현인이 무리 지어 나오니,

菁 순무 청　　莪 쑥 아　　治 다스릴 치　　化 교화할 화　　群 여러 군
賢 어질 현　　輩 무리 배

|역주|

● **菁莪**: ≪시경詩經≫ 〈소아小雅 청청자아菁菁者莪〉의 준말이다. 인재를 가르쳐
　기름을 이른다.

2-22

至今가지 東華禮俗
世界上에 可稱이라

**지금까지 조선의 예속이
온 세계에 일컬어졌다.**

至 이를 지　華 화려할 화　俗 풍속 속　界 지경 계　稱 일컬을 칭

|역주|
- **東華**: 동쪽의 중화中華라는 말로, 조선朝鮮의 별칭이다.

終南山 喬木남기
나이늙어 속이썩내

종남산 큰나무
수령樹齡이 오래되어 속이 썩네.

終 마칠종　　喬 높을교

|역주|

- 이 구절은 조선의 국운國運이 기울어가는 상황을 묘사한 말이다.
- 終南山: 주周나라 도성 호경鎬京의 남쪽에 있는 산인데, 후세에 모든 도성의 남산을 종남산이라고 한다. 따라서 서울의 남산을 가리킨다.

科業上에 賢良이요
地閥中에 公輔로다

**과거시험을 거쳐야만 현량이 되고,
지체와 문벌이 있어야만 재상宰相이 되는 세상이로다.**

科 과거시험 과   業 일 업   賢 어질 현   良 어질 량   地 지위 지
閥 가문 벌   公 벼슬 공   輔 재상 보

|역주|

- 이 구절은 조선이 기울어가는 원인을 밝힌 것이다. 과거시험은 공정성을 잃어 현량 곧 자기 사람만 뽑고, 재상은 지체와 문벌이 있어야만 할 수 있다는 것은 인사행정제도가 무너지고 붕당朋黨이 성행하였음을 말한 것이다.

- 公輔: 천자를 보좌하는 삼공三公과 전의前疑, 후승後丞, 좌보左輔, 우필右弼 사보四輔를 이른다. 삼공은 왕조마다 명칭이 다른데 주周나라 때에는 태사太師, 태부太傅, 태보太保라고 하였다. 전의되어 이품二品 이상의 재상宰相을 이른다.

黨議나자 公論업고
詞章之弊 文具로다

**당쟁黨爭이 일어나자 공론은 없어지고
사장학詞章學의 폐단인 형식에만 치중하도다.**

黨 무리 당　　議 의론할 의　　公 공적일 공　　詞 말씀 사　　章 글 장
弊 나쁠 폐　　具 갖출 구

|역주|

- 黨議: 당파黨派에서 주장하는 의론이나 결의를 말한다.
- 詞章學: 시가詩歌와 문장文章을 함께 이르는 말이다. 성리학性理學 또는 사림 파士林派의 상대적인 명칭으로 쓰이기도 하였다. 여기서는 근본인 성리학은 익히지 않고 지엽인 과거시험科擧試驗 공부만 익힘을 말한다.
  과거시험 문체文體에 시부詩賦, 중국 임금에게 보내는 외교문서인 표문表文, 나라에 길흉이 있을 때 임금에게 바치는 글인 전문箋文 등이 있는데, 표문과 전문은 모두 대구對句, 전고典故, 평측平仄과 압운押韻 등을 사용한 매우 화려 한 문체인 사륙변려문四六騈儷文으로 쓴다.

作用人材 如許하니
國家元氣 衰해져다

인재를 등용함이 이와 같으니,
국가의 원기가 쇠약해졌다.

作 일으킬 작   用 쓸 용   材 재목 재   如 같을 여   許 기대할 허
元 으뜸 원   衰 쇠미할 쇠

秋日凄夕 잇대로다
百卉俱腓 어이할고

가을날이 몹시 싸늘해졌도다.
온갖 초목이 모두 시들었으니, 어찌할꼬.

秋 가을추   凄 차가울처   卉 꽃훼   俱 모두구   腓 시들비

관선정에서 들리는
공부를 권하는 노래

滔夕한 功利說은
世局이 桑瀾이요

끊임없이 일어나는 공리설은
세상의 판국이 크게 변하게 하고,

滔 넘실댈 도   利 이로울 리   說 말씀 설   局 판국   桑 뽕나무 상
瀾 물결 란

|역주|
* 功利說: 공명功名과 이록利祿을 추구하는 주장이다.
* 桑瀾: 상전벽해桑田碧海와 같은 말이다. 세상이 몰라볼 정도로 변함을 비유한다.

紛夕한 邪誕敎난
正路가 榛塞이라

어지러이 일어나는 사악하고 거짓된 가르침은
바른길이 황폐해지고 막히게 하였다.

紛 어지러울 분   邪 부정할 사   誕 거짓 탄   路 길 로   榛 황폐할 진
塞 막힐 색

관선정에서 들리는
공부를 권하는 노래

2-30

宇宙에 비겨서서
往古來今 生覺하니

우주에 기대어 서서
옛부터 지금까지를 생각하니

宇 집우 宙 집주 往 갈왕 來 올래 覺 깨달을 각

剝復消長 變化中에
陽無可盡 理수로다

음양陰陽의 사그라지고 자라남이 변화하는 가운데
양이 다 없어질 수 없음은 이법理法이로다.

剝 괘이름 박 復 괘이름 복 消 사그라질 소 長 자라날 장 變 바뀔 변
陽 볕 양   盡 다 진

|역주|

- **剝復**: ≪주역周易≫의 괘卦 이름이다. 박괘(☷)는 음陰이 왕성하여 양陽이 소멸되어감을, 복괘(☳)는 음이 극에 이르러 양이 회복됨을 나타낸다. 쇠란衰亂이 극에 이르면 치평治平으로 돌아오듯이 성쇠盛衰와 소장消長이 반복하는 것을 비유한다.

2-32

世代升降 不同하나
萬全無弊 吾道로다

세대의 융성과 쇠망은 같지 않으나,
완전하고 폐단이 없는 것은 우리의 도道다.

升 융성할 승　　降 쇠망할 강　　萬 일만 만　　全 완전할 전　　弊 폐단 폐
吾 나 오

|역주|
● 吾道: 유학儒學을 말한다.

自古로 賢人達士
夫子門庭 단여와내

예로부터 현인과 달사는
부자(공자孔子)의 뜰을 다녀왔네.

自 부터 자   達 달통할 달   士 사람 사   庭 뜰 정

|역주|
- 夫子門庭 단여와내: 공부자孔夫子 학문의 정수를 터득하였음을 말한다.

宗廟百官 아름답고
倉廩府庫 崇夕하다

〈공부자孔夫子의〉 종묘와 백관(방사房舍)은 아름답고
창름과 부고는 높고도 높다.

宗 마루종　廟(≒廟) 사당묘　倉 창고창　廩 창고름　府 창고부
庫 창고고　崇 높을숭

|역주|

- **百官**: 여기서는 방사房舍를 말한다.
- **倉廩**: 곡식을 저장하는 창고다.
- **府庫**: 재물 등을 저장하는 창고다.
- ≪논어論語≫ 〈자장子張〉에서 자공子貢이 다음과 같이 말하였다. "궁장宮牆에 비유하면 나의 담은 어깨에 미치는 정도여서 실가室家의 아름다움을 엿볼 수 있지만, 부자夫子의 담은 몇 길[仞]이나 되어 그 문을 찾아서 들어가지 않으면 종묘의 아름다움과 백관(방사房舍)의 다양함을 볼 수 없다.[譬之宮牆 賜之牆也 及肩 窺見室家之好 夫子之牆數仞 不得其門而入 不見宗廟之美百官之富]"

年少한 우리 同志
平實地에 基礎잡아

나이 어린 우리 동지여.
평평하고 단단한 땅에 기초를 잡아

年 나이 년   少 어릴 소   志 뜻 지   平 평평할 평   實 단단할 실
基 터 기   礎 주춧돌 초

|역주|
- 平實地: 평평하고 단단한 땅은 유학儒學을 말한다.

관선정에서 들리는
공부를 권하는 노래

農山에 길을묻고
洙水에 根源차자

농산에서 길을 묻고,
수수에서 근원을 찾아

農 산이름 농　　洙 물이름 수　　根 뿌리 근　　源 물이 나오는 곳 원

|역주|

- 農山: 공자孔子가 농산農山을 유람할 때, 사방을 돌아보고 "여기에서 생각을 지극히 하면 생각이 이르지 않는 곳이 없을 것이다.[於斯思致 無所不至矣]"라고 탄식하였다.(≪공자가어孔子家語≫ 권2 〈치사致思〉)
- 洙水: 수수는 산동성山東省에 있다. 공자가 수수에서 강학하였기 때문에, 뒤에 공자와 유가儒家를 이르는 말로 사용하였다.

가고가면 第一宮墻
바라보고 올나가세

가고 가면 제일의 궁장이니,
바라보고 올라가세.

第 차례제   宮 집궁   墻 담장

|역주|
- 宮墻: 2장 34구의 역주 참조.

2-38

天地萬物 化育한데
日月光明 그곳이라

천지가 만물을 생육生育하는 곳은
해와 달이 밝게 비추는 그곳이다.

右第貳章三十八句

이상은 제2장이니, 〈모두〉38구다.

物 물건물   育 기를육   光 빛광   明 비출명

精一執中 한말삼이
千聖傳授 心法이라

정밀하게 살피고 한결같이 지켜야
그 중도中道를 잡을 것이라는 한 말씀이,
모든 성현聖賢[千聖]이 〈서로〉 전수한 심법이다.

精 정미할 정　　執 잡을 집　　授 줄 수

|역주|

- 精一執中: ≪서경書經≫ 〈우서虞書 대우모大禹謨〉의 "인심人心은 위태롭고 도심道心은 은미하니, 정밀하게 살피고 한결같이 지켜야 진실로 그 중도中道를 잡을 것이다.[人心惟危 道心惟微 惟精惟一 允執厥中]"에서 나온 말이다.

思無邪는 詩예잇고
毋不敬은 禮云이라

생각에 사악함이 없다는 말은 ≪시경≫에 있고,
불경하지 말라는 말은 ≪예기≫의 말이다.

思 생각 사　　邪 사악할 사　　毋 말 무　　敬 공경 경　　云 말할 운

|역주|

- 思毋邪: ≪논어論語≫ 〈위정爲政〉에 "≪시경≫ 300편을 한 마디 말로 개괄하면 '생각에 사악함이 없다.'라고 할 수 있다.[詩三百 一言以蔽之 曰思無邪]"라고 하였다. '사무사思無邪'는 ≪시경詩經≫ 〈노송魯頌 경駉〉에 나온다.
- 毋不敬: ≪예기禮記≫ 〈곡례曲禮 상上〉의 첫구절이다. 경敬은 마음과 행동을 아우른다.

尊德性은 思傳이요
養浩氣는 鄒訓이라

덕성을 높임은 자사子思의 글이요,
호연지기를 기름은 맹자孟子의 가르침이다.

尊 높일 존　德 덕 덕　性 성품 성　傳 저서 전　養 기를 양
浩 넓을 호　氣 기운 기　鄒 추나라 추　訓 가르칠 훈

|역주|

● **尊德性**: ≪중용中庸≫ 27장에 나온다. 주희朱熹는 "〈자기의〉 마음을 보존하여 도체道體의 큰 것을 다하는 것이다.[所以存心而極乎道體之大也]"라고 하였다.(≪중용장구中庸章句≫)

● **養浩氣**: ≪맹자孟子≫ 〈공손추公孫丑 상上〉에 나온다. 지극히 크고 강건하며 의義와 도道에 부합하여 마음에 부끄러운 것이 없어 조금도 흔들리거나 굽힘이 없는 도덕적 용기다. 오래도록 의義를 축적하여 생긴다.

窮理正心 修己治人
大學校에 條目이요

도리를 궁구하고 마음을 바루며,
자신을 수양하고 사람을 다스림은
대학교(태학)에서 〈가르치는〉 조목이고,

窮 궁구할 궁　理 이치 리　正 바로잡을 정　修 닦을 수　治 다스릴 치
校 학교 교　　條 가지 조　目 항목 목

|역주|

* 窮理正心 修己治人: ≪대학大學≫ 〈대학장구서大學章句序〉에 나온다. "15세가
되면 천자의 맏아들과 〈나머지〉 여러 아들부터 공公·경卿·대부大夫·원사元士
의 적자適子와 모든 백성 가운데 〈선발된〉 준수한 자까지 모두 태학에 보내 도
리를 궁구하고 마음을 바루고 자신을 수양하고 사람을 다스리는 방법을 가르
친다.[及其十有五年 則自天子之元子衆子 以至公卿大夫元士之適子 與凡民之俊秀 皆
入大學 而敎之以窮理正心修己治人之道]"

愛親敬長 隆師親友
小學中에 先務로다

어버이를 사랑하고 어른을 공경하며,
스승을 높이고 벗을 친근히 대함은
소학교 안에서 먼저 익혀야 할 일이다.

| 愛 사랑할 애 | 親 어버이 친, 친근히할 친 | 敬 공경할 경 | 長 어른 장 |
| 隆 높일 륭 | 師 스승 사 | 友 벗 우 | 先 먼저 선 | 務 일 무 |

|역주|

● 愛親敬長 隆師親友: ≪소학小學≫ 〈소학서제小學書題〉에 나온다. "옛날에는 소학교에서 물 뿌리고 비질하며 호응하고 대답하며 나아가고 물러나는 예절과 어버이를 사랑하고 어른을 공경하며 스승을 높이고 벗을 친근히 대하는 도리로 사람을 가르쳤다. 이것은 모두 자신을 수양하고 집안을 가지런하게 하며 나라를 다스리고 천하를 공평하게 다스리는 바탕이 된다.[古者小學 教人以灑掃應對進退之節 愛親敬長隆師親友之道 皆所以爲修身齊家治國平天下之本]"

大哉라 聖賢마음
天下萬世 근심하사

크구나, 성현의 마음이여,
천하와 만세를 근심하시어

哉 어조사 재　萬 일만 만

사람되라 사람되라
萬語千言 丁寧하다

사람이 되어라, 사람이 되어라.
만 마디 천 마디 말씀이 간곡하시도다.

丁 친절할 정   寧 간절할 녕

嗟哉라 우리後學
그本意을 體念하소

**아아! 우리 후학이여.
그 〈성현이 하신 말씀의〉 본의를 깊이 생각하시오.**

嗟 탄식할 차   意 뜻 의   體(≒體) 몸 체   念 생각할 념

人道가 不明하면
天地도 長夜로다

**사람의 도리가 밝지 않으면
하늘과 땅도 깜깜한 긴 밤이로다.**

道 이치도   明 밝을명   長 오랠장   夜 밤야

|역주|

- 이 구절은 사람의 도리가 밝게 드러나지 않으면 하늘과 땅의 도리도 밝게 드러나지 않음을 말한 것이다.

관선정에서 들리는
공부를 권하는 노래

人身이 不修하면
家国이 어이되랴

**사람이 수양되지 않으면
집안과 나라가 어찌 되랴?**

身 몸 신   修 닦을 수   家 집 가   国(≒國) 나라 국

우리도 聰明男子
되고보면 오른사람

우리도 총명한 사내가 되고 보면
올바른 사람이니라.

聰 귀밝을 총   明 눈밝을 명   男 사내 남

3-12

古今事理 通達코저
博學하고 審問하니

고금의 사리에 통달코자
널리 배우고 자세히 물으니,

古 옛고　　今 이제금　　事 일사　　理 이치리　　通 통할통
達 통할달　　博 넓을박　　審 자세할심　　問 물을문

|역주|

* **博學審問**: ≪중용中庸≫ 20장에 나온다. "널리 배우며, 자세하게 물으며, 신중하게 생각하며, 분명하게 변별하며, 철저하게 실천해야 한다.[博學之 審問之 愼思之 明辨之 篤行之]"

審問博學 조천마난
篤行工夫 最難하다

자세히 묻고 널리 배움도 좋지만
철저하게 실천하는 공부가 가장 어렵다.

審 자세할 심　**問** 물을 문　**博** 넓을 박　**篤** 철저할 독　**最** 가장 최
難 어려울 난

|역주|
- 篤行: 3장 12구의 역주 참조.

萬卷詩書 다읽어도
無一善行 可稱하면

만 권의 시서를 다 읽어도
일컬을 만한 선행 하나 없다면

萬 일만 만   卷 책 권   詩 시 시   書 글 서   無 없을 무
善 착할 선   稱 일컬을 칭

3-15

이내몸에 무삼有益
不學無識 다름업다

이 내 몸에 무슨 보탬이 있으랴.
배우지 않아 무식한 것과 다름이 없다.

有 있을유   益 이로울익   識 알식

3-16

百千枝能 다하여도
心術하나 不正하면

백 가지 천 가지 재능을 다 발휘하여도
심술 하나 올바르지 않으면

枝 가지 지　能 잘할 능　術 길 술　正 바를 정

事爲上에 差錯잇서
小人罪名 難免이라

행위상에 어그러짐이 있어
소인이라는 죄명을 벗어나기 어렵다.

事 일 사　　**爲** 할 위　　**差** 어그러질 차　　**錯** 어긋날 착　　**罪** 허물 죄
難 어려울 난　　**免** 벗어날 면

3-18

古今사람 歷夕하니
두렵고도 두렵도다

옛사람이나 지금 사람이나 〈그 증거가〉 뚜렷하니,
두렵고도 두렵도다.

歷 분명할 력

勖哉어다 우리同類
實地眞工 하여보세

힘쓸지어다, 우리 동류여.
실제로 참된 공부를 해보세.

勖 힘쓸 욱   哉 어조사 재   類 무리 류   實 사실 실   地 처지 지
眞 참 진   工 공부 공

관선정에서 들리는
공부를 권하는 노래

敬字로 樞要삼아
收斂身心 날노하고

'경'자를 기준으로 삼아
날마다 몸과 마음을 단속하고,

敬 공경할 경　字 글자 자　樞 지도리 추　要 중요할 요　收 거둘 수
斂 거둘 렴

|역주|

- 敬字: 3장 2구의 '무불경毋不敬'의 경자를 가리킨다.
- 樞要: 추樞는 문의 지도리로 없어서는 안될 가장 중요한 부분으로서, 여기서는 '기준'이라는 뜻이다.

3-21

勿字旗脚 굿게 세와
視聽言動 禮로하면

'물勿'자의 기치를 단단히 세워
봄·들음·말·행동을 예에 맞게 하면

勿 말물　旗 깃발 기　脚 깃대 각　視 볼 시　聽 들을 청
言 말할 언　動 움직일 동

|역주|

● 勿字旗脚: ≪논어論語≫〈안연顔淵〉에서 공자孔子가 말한 극기복례克己復禮의
조목 "예가 아니면 보지 말며, 예가 아니면 듣지 말며, 예가 아니면 말하지 말
며, 예가 아니면 행동하지 말라.[非禮勿視 非禮勿聽 非禮勿言 非禮勿動]"를 가리
킨다.

정이程頤(송宋)의 〈사물잠四勿箴〉

시잠視箴

心兮本虛, 應物無迹. 操之有要, 視爲之則. 蔽交於前, 其中則遷, 制之於外, 以安其內. 克己復禮, 久而誠矣.

마음은 본래 텅 비어 있으니, 사물을 응접함에 흔적이 없다. 마음을 잡는 데는 요점이 있으니, 눈으로 보는 것이 법칙이 된다. 물욕物欲의 가리움이 눈 앞에서 교차하면 그 마음이 곧 옮겨가는 법이다. 그러니 밖에서 제재하여 그 안(마음)을 편안하게 하라. 자신의 사욕을 이기고 예禮로 돌아가면 오랜 뒤에는 마음이 진실해질[誠] 것이다.

청잠聽箴

人有秉彝, 本乎天性, 知誘物化, 遂亡其正. 卓彼先覺, 知止有定. 閑邪存誠, 非禮勿聽.

사람이 지닌 변함없는 본성(상성常性)은 타고난 성性에 뿌리를 두고 있지만, 지각知覺이 외물의 꼬임에 넘어가고 물욕物欲이 마음을 변화시켜 마침내 그 바름(상성)을 잃는다. 뛰어난 저 선각자先覺者는 그쳐야 할 곳(자신의 상성)을 알아 정함이 있었다. 바르지 않은 생각을 막고 진실한 마음[誠]을 보존하여 예禮가 아니면 듣지 말라.

언잠言箴

人心之動, 因言以宣, 發禁躁妄, 內斯靜專. 矧是樞機[*], 興戎出好, 吉凶榮辱, 惟其所召. 傷易則誕, 傷煩則支, 己肆物忤, 出悖來違, 非法不道, 欽哉訓辭.

인심人心의 움직임은 말에서 드러나는 법이니, 말을 할 때는 조급하고 경망함을 금지하여야 마음이 고요하고 전일專一해진다. 더구나 이 말[樞機]은 전쟁을 일으키기도 하고 우호友好를 내기도 하니, 길흉吉凶과 영욕榮辱은 오직 말이 불러들이는 것이다. 말을 너무[傷] 쉽게 하면 미덥지 못하고 너무 번거롭게 하면 갈피를 잡을 수 없으며, 자기가 말을 함부로 하면 상대방이 언짢아하고 가는 말이 도리에 어긋나면 오는 말도 도리에 어긋나는 법이다. 그러니 예법禮法이 아니면 말하지 말아 〈공자께서〉 훈계하신 말씀을 공손히 받들라.

* 樞機: 추기는 문의 지도리로, 매우 중요한 부분을 말한다. 《주역周易》 〈계사전繫辭傳 상上〉의 "언행은 군자의 추기다.[言行 君子之樞機]"라고 한 데서 유래하여, 말·언어를 지칭하기도 한다.

동잠動箴

哲人知幾, 誠之於思. 志士勵行, 守之於爲. 順理則裕, 從欲惟危, 造次克念, 戰兢自持. 習與性成, 聖賢同歸.

철인哲人(어질고 사리에 밝은 사람)은 〈마음이 나누어지는〉 기미幾微를 알기 때문에 생각에서부터 진실하고자 하고, 지사志士는 행실을 힘쓰기 때문에 행위에서부터 〈의義를〉 지키고자 한다. 도리를 따르면 넉넉하고 욕망을 따르면 위태로우니, 급박한 순간에도 잘 유념하여 매우 조심하고 경계하여 자신을 지키도록 하라. 습관이 천성天性처럼 변하면 성현聖賢과 동일한 경지로 돌아갈 것이다.

滿腔塵垢 씨처가고
清明之氣 在躬이라

마음속에 가득한 먼지와 때가 씻겨나가고
청명한 기운이 몸에 있을 것이다.

滿 가득할 만　腔 빌 강　塵 티끌 진　垢 때 구　淸 맑을 청
在 있을 재　躬 몸 궁

3-23

智水仁山 이내 氣象
霽月光風 이내 襟懷

지혜로운 사람은 물을 좋아하고 어진 사람은 산을 좋아함이
나의 기상이 되고,
비 갠 뒤의 밝은 달과 시원한 바람 같은 인품이
나의 회포懷抱가 되면

智 지혜 지　　象 모양 상　　霽 갤 제　　光 빛 광　　風 바람 풍
襟 가슴 금　　懷 품을 회

|역주|

- 智水仁山: ≪논어論語≫ 〈옹야雍也〉의 "지혜로운 사람은 물을 좋아하고 어진 사람은 산을 좋아한다. 지혜로운 사람은 동적動的이고 어진 사람은 정적靜的이며, 지혜로운 사람은 〈삶을〉 즐기고 어진 사람은 천수天壽를 누린다.[知者樂水 仁者樂山 知者動 仁者靜 知者樂 仁者壽]"에서 나온 말이다. 삶을 즐긴다는 말은 자신의 인생에 만족할 줄 알기 때문에, 그 속에서 즐겁게 지낸다는 말이다.
- 霽月光風: 주돈이周敦頤의 인품을 묘사한 말이다. 북송北宋 황정견黃庭堅의 〈염계시서濂溪詩序〉 "마음속에 품은 생각이 비 갠 뒤의 시원한 바람과 맑은 달처럼 깨끗하다.[胸中灑落 如光風霽月]"에서 나왔다.
- 懷抱: 마음속에 품은 생각이다.

관선정에서 들리는
공부를 권하는 노래

3-24

本心天이 다시 밝아
萬殊一本 可見이라

하늘에서 받은 마음이 다시 밝아져
모든 것이 한 뿌리임을 알 수 있다.

本 뿌리 본   殊 다를 수   見 볼 견

|역주|

- 萬殊一本: 현상은 만 가지로 다르지만 그 근본은 하나라는 말이다.

古人이 下學上達
다른 法이 안이로다

**옛사람이
아래로 인사人事를 배워 위로 천리天理를 환히 안 것은
다른 방법이 〈있는 것이〉 아니다.**

達 도달할 달

|역주|

- **下學上達**: ≪논어論語≫ 〈헌문憲問〉의 "하늘을 원망하지 않으며 사람을 탓하지 않고, 아래로 인사人事를 배워 위로 천리天理를 환히 알았으니, 나를 알아주는 이는 아마도 하늘일 것이다.[不怨天 不尤人 下學而上達 知我者 其天乎]"라고 한 공자孔子의 말에 나온다.

3-26

今日에 一理알고
明日에 一事行해

**오늘 한 가지 도리道理를 알고
다음날 한 가지 일을 실천하여**

理 이치 리   明 날이샐 명   事 일 사   行 실천할 행

百日되면 能百이요
千日되면 能千이라

**백일이 되면 능숙한 것이 백 가지가 되고,
천일이 되면 능숙한 것이 천 가지가 될 것이다.**

百 일백 백   **能** 잘할 능   千 일천 천

|역주|

- ≪중용中庸≫ 20장에 다음과 같은 말이 있다. "다른 사람이 한 번에 능숙하면 자기는 백 배를 노력하며, 다른 사람이 열 번에 능숙하면 자기는 천 배를 노력해야 한다.[人一能之 己百之 人十能之 己千之]"

3-28

日行千里 조흔말도
안이가면 駑馬되고

하루에 천 리를 가는 좋은 말도
안 가면 노둔한 말이 되고,

行 갈행   里 거리의 단위 리   駑 느릴 노   馬 말 마

一簣라도 積累하면
九仞山도 可成이라

한 삼태기의 흙이라도 날로 쌓고 달로 쌓으면
아홉 길이나 되는 산도 이룰 수 있다.

簣 삼태기 궤   積 쌓을 적   累 포갤 루   九 아홉 구   仞 길(길이의 단위) 인
成 이룰 성

|역주|

- 積累: 일적월루日積月累의 줄임말이다. 날로 쌓고 달로 쌓아 부단히 노력함을 말한다.
- ≪논어論語≫ 〈자한子罕〉의 "비유하면 〈흙을 쌓아〉 산을 만들 경우, 마지막 한 삼태기의 흙을 붓지 않아 산을 이루지 못하고 중지하는 것도 내가 중지하는 것이며, 비유하면 평지에 비록 한 삼태기의 흙을 부었으나 〈산을 만들기 위해〉 나가는 것도 내가 나가는 것이다.[譬如爲山 未成一簣 止 吾止也 譬如平地 雖覆一簣 進 吾往也]"에서 나온 말이다.

3-30

天道도 至誠無息
不誠이면 無物이라

천도도 지극히 성실하여 쉼이 없으니,
성실하지 않으면 사물이 없다.

至 지극할 지　誠 성실할 성　息 쉴 식　物 물건 물

|역주|

- 至誠無息: ≪중용中庸≫ 26장에 나온다.
- 不誠無物: ≪중용中庸≫ 25장에 나온다. "성실함은 사물의 처음과 끝이니, 성실하지 않으면 사물이 없는 것과 같다. 이 때문에 군자는 성실함을 귀하게 여긴다.[誠者 物之終始 不誠無物 是故君子誠之爲貴]"

流水도 가고가고
白日도 가고가니

흐르는 물도 가고 가고
환하게 밝은 해도 가고 가니,

流 흐를류 白 흰백

|역주|
- 이 구절은 잠시도 쉬지 않고 끊임없이 세월이 흘러감을 말한 것이다.
- ≪논어論語≫〈자한子罕〉에 다음과 같은 말이 있다. "공자孔子께서 냇가에 계시면서 말씀하셨다. '가는 것이 이와 같구나. 낮이고 밤이고 그치지 않는구나.'[子在川上曰 逝者如斯夫 不舍晝夜]"

3-32

우리도 조흔光陰
一時라도 放過마세

우리도 좋은 시간
잠깐이라도 대강 넘기지 마세.

光 세월광　　陰 세월음　　時 때시　　放 내버려둘과　　過 지날과

|역주|
- 光陰: 해와 달이라는 뜻으로, 흘러가는 시간·세월을 이른다.

人生百年 만타해도
白首粉如 暫間이라

인생 백 년 많다고 해도
백발白髮이 성성해지는 것 잠깐이라.

生 삶 생   年 해 년   首 머리 수   粉 가루 분   如 같을 여
暫 잠깐 잠   間 때 간

青春時節 잊어뿔면
悲歎窮廬 쓸대엾다

청춘 시절 잃어버리면
외진 오두막에서 슬피 탄식해도 소용없다.

青 푸를 청   春 봄 춘   時 때 시   節 절기 절   悲 슬플 비
歎 탄식할 탄   窮 외질 궁   廬 오두막 려

|역주|

● 이 구절은 노년이 되어 젊었을 때에 부지런히 학문에 힘쓰지 않은 것을 후회하
며 슬피 탄식한 것이다. 촉한蜀漢 제갈량諸葛亮이 자식을 경계하여 지은 글에
"나이는 시절과 함께 빠르게 지나가고 의지는 세월과 함께 떠나버려 마침내
〈초목과 함께〉 시들어 떨어져 〈학문에 이룬 것이 없으면〉 외진 오두막에서 슬
피 탄식한들 다시 어떻게 미칠 수 있겠는가.[年與時馳 意與歲去 遂成枯落 悲歎窮
廬 將復何及也]"라고 하였다.(《소학小學》〈가언嘉言 광입교廣立敎〉)

聖經賢傳 이난말삼
대강記錄 永言三章

성인의 경과 현인의 전에 있는 말씀을
대강 노랫말 3장으로 기록함은

| 聖 걸출할 성 | 經 경전 경 | 賢 어질 현 | 傳 저서 전 | 記 적을 기 |
| 錄 적을 록 | 永 길 영 | 言 말씀 언 | 章 악곡의 단락 장 | |

|역주|

- **聖經賢傳**: 성인聖人의 말을 적은 것을 경經, 현인의 말을 적은 것을 전傳이라고 한다.
- **永言**: 길게 끌면서 하는 말로, 시詩나 노래를 이른다.

관선정에서 들리는
공부를 권하는 노래

詠歌舞蹈 옛 法이라
우리同志 興起코저

노래하고 춤추는 것이 옛 법이라,
우리 동지 떨쳐 일어나게 하고자 해서다.

右第參章三十六句

이상은 제3장이니, 〈모두〉 36구다.

詠 노래할 영　　歌 노래 가　　舞 춤출 무　　蹈 춤출 도　　法 법 법
志 뜻 지　　興 일어날 흥　　起 일어날 기

|역주|

• 詠歌舞蹈: ≪소학小學≫ 〈소학제사小學題辭〉에 다음과 같이 말하였다. "≪소학≫의 교육 방법은 물뿌리고 비질하며 호응하고 대답하며, 집에 들어와서는 부모에게 효도하고 밖에 나가서는 어른에게 공손하여 동작이 혹시라도 여기에서 어긋남이 없게 하는 것이다. 이것을 실천하고서 남는 힘이 있으면 ≪시경≫을 외우고 ≪서경≫을 읽으며, 노래하여 〈음악의 소리를 익히고〉 춤을 춰 〈음악의 기상을 익히되,〉 모든 생각이 여기에서 넘음이 없어야 한다.[小學之方 灑掃應對 入孝出恭 動罔或悖 行有餘力 誦詩讀書 詠歌舞蹈 思罔或逾]"

二. 개정 증보본

乾父坤母 合德하야
化生하니 우리同胞

건과 곤이 덕을 합하여 〈만물을〉 낳았으니,
〈만물은 모두〉 우리 〈인간의〉 동포다.

乾 하늘건   坤 땅곤   德 덕덕   化 변할화   胞 자궁포

|원주|

- 장자(장재張載)의 〈서명〉에 말하였다. "건乾은 아비라 이르고 곤坤은 어미라 이른다. 우리 〈인간의〉 이 보잘것없는 몸은 바로 그 가운데에 하나처럼 완전히 섞여 있다. 그러므로 하늘과 땅을 가득 채우고 있는 〈음양의 기는〉 내가 〈그에 힘입어〉 형체를 이루고, 하늘과 땅의 기를 통솔하는 장수(리理)는 내가 〈그것을 얻어〉 성性을 이루었으니, 〈동일하게 하늘과 땅의 정기正氣와 청기淸氣를 타고난〉 백성은 나의 동포고, 〈또한 인간과 같은 하나의 근원에서 나온〉 만물은 나의 동류同類다."

  張子〈西銘〉曰: "乾稱父, 坤稱母. 予玆藐焉, 乃混然中處, 故天地之塞, 吾其體, 天地之帥, 吾其性, 民吾同胞, 物吾與也."

|역주|

- 乾父坤母: 건乾과 곤坤은 각각 하늘과 땅의 성정性情으로 말한 것이니, 음양이라는 말과도 같다.

- 德: 천지가 만물을 화육化育하는 작용이다.
- 乾父坤母 合德: 양陽과 음陰이 서로 어우러져 작용한다는 말이다.
- 化生: 만들어 내다라는 말이다.

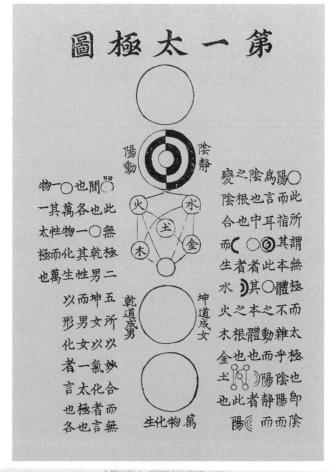

〈 태극도 〉, 《성학십도聖學十圖》

廣大한 天地間에
人身이 至微하다

**넓고 큰 하늘과 땅 사이에
사람의 몸이 지극히 미미하다.**

廣 넓을 광　間 사이 간　身 몸 신　至 지극할 지　微 작을 미

|원주|

● 범준의 〈심잠〉에 말하였다. "사람이 그 〈아득한 하늘과 땅〉 사이에 미미하게
몸을 두었으니, 몸의 미미함이 큰 창고의 곡식 낟알과 같다네."

　范浚〈心箴〉曰: "人於其間, 眇然有身, 是身之微, 太倉稊米."

至微코도 至重하니
陰陽五行 具備하다

〈그러나 사람의 몸은〉 지극히 미미하고도 지극히 소중하니,
〈그 이유는 몸에〉 음양오행이 모두 갖춰져 있기 때문이다.

至 지극할지　微 작을미　重 소중할중　陰 음기陰氣 음　陽 양기陽氣 양
行 갈행　　具 갖출구　備 갖출 비

|원주|

● 주자(주돈이周敦頤)의 〈태극도설〉에 "음양오행의 정수精髓가 오묘하게 합하
여 응축된다."라 하고, 또 "사람만이 그 빼어남을 얻어 가장 영특하다."라고
하였다.

　周子〈太極圖說〉曰: "二五之精, 妙合而凝." 又曰: "惟人也, 得其秀而最靈."

|역주|

● 陰陽五行: 음양陰陽은 우주 만물의 서로 반대되는 두 가지 기운으로, 이원적
二元的 관계를 나타낸다. 오행五行은 만물이 생성生成하고 변화하는 다섯 가지
원소元素로, 금金·목木·수水·화火·토土나.

頭圓하니 像天이오
足方하니 像地로다

〈사람의〉 머리는 둥그니 하늘과 같고,
발은 네모나니 땅과 같도다.

頭 머리 두   圓 둥글 원   像 비슷할 상   方 네모날 방

肩背는 山岳같고
胸腹은 河海로다

어깨와 등은 산악과 같이 솟았고,
가슴과 배는 하해와 같이 넓도다.

肩 어깨 견   背 등 배   岳 큰산 악   胸 가슴 흉   腹 배 복
河 강 하   海 바다 해

形體도 좋거니와
마음 하나 으뜸이라

형체도 좋거니와
마음 하나가 으뜸이다.

形 모양 형 體 몸 체

|원주|

- 범준의 〈심잠〉에 말하였다. "〈사람이 천지가 만물을 화육化育함에〉 참여하여 〈천·지·인〉 삼재三才가 됨은 오직 마음이 있기 때문이다."

　○ 장자(장재張載)가 말하였다. "마음은 성性과 정情을 통괄한다."

　○ 주자(주희朱熹)가 "마음은 한 몸의 주재가 된다."라 하고, 또 "마음의 리理는 태극太極이요, 마음의 동정動靜은 음양陰陽이다."라 하고, 또 "마음은 리理의 주재다."라 하고, 또 "마음은 기氣의 정상精爽이다."라고 하였다.

　○ 퇴계 이황이 말하였다. "리理와 기氣가 합하여 마음이 되면 자연스럽게 허령지각虛靈知覺의 오묘함이 있게 된다."

　○ 율곡 이이가 "마음은 곧 기氣다."라 하고, 또 "마음이란 허령하고 탁 트여[洞徹] 온갖 리理가 다 갖춰져 있다."라고 하였다.

　○ 우암 송시열이 말하였다. "마음은 리理의 측면에서 말한 것이 있고, 기氣의 측면에서 말한 것이 있다."

〈心箴〉曰: "參爲三才, 曰惟心爾." ○張子曰: "心統性情." ○朱子曰: "心爲一身之
主宰." 又曰: "心之理, 是太極. 心之動靜, 是陰陽." 又曰: "心者, 理之主宰." 又
曰: "心者, 氣之精爽." ○退溪曰: "理氣合以爲心, 自然有虛靈知覺之妙." ○栗谷
曰: "心, 卽氣." 又曰: "心之爲物, 虛靈洞徹, 萬理具備." ○尤庵曰: "心有以理言
者, 有以氣言者."

|역주|

- **精爽**: 일종의 신명神明으로서, 지각知覺 곧 외계外界 사물을 가려볼 줄 아는
  능력이나 감각기관이 사물을 인식하는 마음의 능력을 말한다.
- **虛靈知覺**: 허령虛靈은 인간의 정신精神·사유思惟 능력과 마음의 활동 특성
  에 대해 묘사한 말이다. 허虛는 형상과 실체가 없음을 가리키고, 령靈은 정신
  의 기능과 작용이 신령스럽고 신묘하여 헤아릴 수 없음을 가리킨다. 지각知覺
  은 일종의 인지형식認知形式으로 마음이 갖추고 있는 기능이다. 지知는 사물
  을 식별하고 사물의 표면현상에 대해 인식認識하며, 각覺은 지知를 기반으로
  마음속에 깨닫고 사물 전체에 대해 인식한다. 그러나 마음이 허령하기 때문에
  지각이 일어난다.(張立文(中), ≪朱熹大辭典≫ 虛靈·知覺條 참조)

於皇上帝 降衷하니
民之秉彝이 아닌가

아! 위대한 상제上帝께서
〈사람에게〉 선善한 마음[衷]을 내려주셨으니,
〈선은〉 사람의 변함 없는 본성[秉彝]이 아니겠는가?

於 감탄사 오　**皇** 훌륭할 황　**帝** 임금 제　**降** 내릴 강　**衷** 선심善心 충
民 사람 민　**之** 어조사(~의) 지　　　　　**秉** 잡을 병　**彝** 떳떳할 이

|원주|

- ≪서경書經≫〈상서商書 탕고湯誥〉에 말하였다. "위대한 상제께서 하민下民에게 선한 마음을 내려주셨으므로 〈하민이〉 이처럼 고유한 성[恒性]을 지니게 되었다."

  ○ 유강공이 말하였다. "사람은 하늘과 땅의 중화中和한 기운을 받아 태어난다."

  ○ ≪시경詩經≫〈대아大雅 증민烝民〉에 말하였다. "하늘이 사람을 내니, 사물이 있으면 법칙이 있네. 사람의 변함없는 본성 때문에, 이 아름다운 덕을 좋아하는 것이라네."

  ≪書≫曰: "於皇上帝, 降衷于下民, 若有恒性." ○劉康公曰: "民受天地之中, 以生." ○≪詩≫曰: "天生烝民, 有物有則. 民之秉彝, 好是懿德."

관선정에서 들리는
공부를 권하는 노래

- **劉康公**: 강공康公은 주周나라 정왕定王의 아우다. 식읍食邑이 유읍劉邑이므로 '유강공劉康公'이라고 한 것이다.

元亨利貞 그理수로
仁義禮智 四德이라

원·형·이·정은 그 이치대로 〈사람에게 품부稟賦되어〉
인·의·예·지 네 가지 덕이 되었다.

元 으뜸 원   亨 형통할 형   利 이로울 리   貞 곧을 정   仁 어질 인
義 옳을 의   禮 예도禮度 예   智 지혜로울 지

|원주|

● 《주역周易》 건괘乾卦 괘사卦辭에 말하였다. "건乾은 원元하고 형亨하고 이利하고 정貞하다."

　○ 《소학小學》 〈소학제사小學題辭〉에 말하였다. "원·형·이·정은 천도天道의 일정한 법칙[常]이요, 인·의·예·지는 인성人性의 근본[綱]이다."

　○ 註解: 원元은 〈만물을 생성生成함이 시작되는 길이니,〉 계절로는 봄, 사람에게는 인仁에 해당한다. 형亨은 〈만물을 생성함이 막힘없이 통하는 길이니,〉 계절로는 여름, 사람에게는 예禮에 해당한다. 이利는 〈만물을 생성함이 마무리[遂]하는 길이니,〉 계절로는 가을, 사람에게는 의義에 해당한다. 정貞은 〈만물을 생성함이 완성되는 길이니,〉 계절로는 겨울, 사람에게는 지智에 해당한다.

　《易》曰: "乾, 元亨利貞." ○《小學》曰: "元亨利貞, 天道之常. 仁義禮智, 人性之綱." ○註解: 元, 於時爲春, 於人爲仁; 亨, 於時爲夏, 於人爲禮; 利, 於時爲秋, 於人爲義; 貞, 於時爲冬, 於人爲智.

|역주|

- 원·형·이·정의 천도가 유행流行하여 사람에게 품부稟賦되면 인·의·예·지의 성성性이 됨을 말한 것이다.
- 註解: 이이李珥의 ≪소학제가집주小學諸家集註≫ 가운데 이이의 풀이를 가리킨다.

極天罔墜 이 性稟이
古今사람 同得이라

하늘이 다하도록 없어지지 않는 이 성품은
옛사람이나 지금 사람이나 똑같이 〈상제上帝에게〉 얻었다.

極 다할 극   罔 없어질 망   墜 떨어질 추   稟 내려줄 품

|원주|

- 《소학小學》〈소학제사小學題辭〉에 말하였다. "다행히도 이 변함없는 본성은 하늘이 다하도록 없어지지 않는다."

  《小學》曰: "幸茲秉彝, 極天罔墜."

밝고 밝은 寶鑑이오
맑고 맑은 止水로다

〈사람의 마음은〉 밝고 밝은 보배 같은 거울이고,
맑고 맑은 잔잔한 물이로다.

寶 보물 보   鑑 거울 감   止 잔잔할 지

|원주|

• 주자가 마음을 거울에 비유하여 다음과 같이 시詩를 지었다.

　　보배로운 거울 당년엔 간담 비춰 서늘하더니
　　이후로 까닭 없이 먼지 속에 매몰되었네
　　이제 닦아 밝음 온전히 드러나니
　　당년의 밝은 거울 다시 보게 되었네

• 정자가 말하였다. "물의 맑음은 곧 성性이 선善함을 이른다."

　　○ 퇴계 이황이 말하였다. "물이 잔잔하지 않으면 사물을 비춰볼 수 없으니, 사람의 마음이 고요하지 않으면 또 어떻게 온갖 리理를 갖춰 온갖 일을 다스리겠는가."

　　朱子, 以心譬寶鑑, 有詩曰: "寶鑑當年照膽寒, 向來埋沒太無端. 祇今垢盡明全見, 還得當年寶鑑看."

程子曰:"水之清, 卽性善之謂." ○退溪曰:"水不止, 則不能以鑑物, 人心不靜, 則又何以該萬理而宰萬事哉."

|역주|

* **寶鑑·止水**: 맑은 거울과 잔잔한 물, 곧 명경지수明鏡止水라는 말과 통한다. 맑고 고요한 마음의 상태를 비유한다.

耳目口鼻 믓慾心이
日以心鬪 무삼일고

〈그러나〉 귀·눈·입·코로 〈인해〉 여러 욕심이 〈일어나〉
날마다 마음속에서 다툼은 무엇 때문인가?

耳 귀 이　　鼻 코 비　　慾 욕심 욕　　以 써 이　　鬪 싸울 투

|원주|
- 귀는 좋은 소리를 원하고 눈은 아름다운 빛깔을 원하고 입은 맛있는 음식을 원하고 사지四肢는 편안함을 원하니, 이른바 여러 욕구라고 한다.
- 《장자莊子》〈내편內篇 제물론齊物論〉에 말하였다. "〈보통 사람은 잠이 들면 어지러이 꿈을 꾸고 잠에서 깨어나면 몸의 기관이 활동하여〉 접촉하는 사물과 갈등을 일으켜 날마다 마음속에서 다툰다."

  耳欲聲, 目欲色, 口欲味, 鼻欲臭, 四肢欲安佚, 是所謂衆欲.
  《莊子》曰: "與接爲構, 日以心鬪."

|역주|
- 耳目口鼻: 외물外物을 접하는 모든 감각기관을 이른다.

七情이 熾蕩하야
六馬갗이 橫奔이라

칠정이 불길처럼 세차게 일어나
〈수레를 끄는〉 여섯 마리의 말처럼 마구 치달리기 때문이다.

情 마음의 작용 정   熾 성할 치   蕩 움직일 탕   馬 말 마

橫 제멋대로 횡   奔 달릴 분

|원주|

● 성性이 드러나면 정情이 되니, 정에는 사단四端과 칠정七情이 있다. 주자가 말
하였다. "사단은 리理가 드러난 것이고, 칠정은 기氣가 드러난 것이다."

○ 측은지심惻隱之心·수오지심羞惡之心·사양지심辭讓之心·시비지심是非之心은
사단을 이르니 ≪맹자孟子≫ 〈공손추公孫丑〉에 보인다. 기쁨·노여움·슬픔·두
려움·사랑함·미워함·욕망은 칠정을 이르니 ≪예기禮記≫ 〈악기樂記〉에 보인다.

○ 정자가 말하였다. "정情이 불길처럼 세차게 일어난 뒤에 더욱 방탕해지면
그 성性은 침식된다."

○ 만약 정情에 내맡겨 욕망을 따르면 썩은 밧줄로 여섯 마리가 끄는 수레를
모는 것처럼 제어할 수 없을 것이다.

性發而爲情, 情有四端七情. 朱子曰: "四端, 理之發. 七情, 氣之發." ○惻隱·羞惡·辭
讓·是非, 是謂四端, 見≪孟子≫. 喜·怒·哀·懼·愛·惡·欲, 是爲七情, 見〈樂記〉. ○程子

曰: "情旣熾而益蕩, 其性鑿矣." ○若任情縱欲, 則如朽索之馭六馬, 有不可制.

|역주|

• 주자朱子에게 성性은 인의예지仁義禮智다. 측은지심은 인仁의 실마리, 수오지
심은 의義의 실마리, 사양지심은 예禮의 실마리, 시비지심은 지智의 실마리다.

蚩蚩한 衆人들은
赴水蹈火 可憐하다

어리석은 일반 사람은
물속으로 뛰어들고 불길로 뛰어드니, 가엾고 불쌍하다.

蚩 어리석을 치　衆 무리 중　赴 달릴 부　蹈 뛰어들 도　憐 불쌍할 린

|원주|

● ≪소학小學≫〈소학제사小學題辭〉에 말하였다. "일반 사람은 어리석어 물욕物欲이 서로 〈성性을〉 가려, 마침내 그 기강을 무너뜨려 자포자기自暴自棄를 편안하게 여긴다."

　○임천 오씨(오징吳澄)가 말하였다. "사람이 천리天理와 인욕人欲, 선善과 악惡의 구분에 어두운 것은 욕망을 따라 나쁜 짓을 하여 마치 미친 사람이 물속으로 뛰어들고 불길로 뛰어들면서도 편안하게 여기고 잘못되었다고 생각하지 않는 것과 같으니, 어리석고 미련하며 지각知覺이 없어 거의 금수禽獸와 차이가 없다."

　≪小學≫曰: "衆人蚩蚩, 物欲交蔽, 乃頹其綱, 安此暴棄." ○臨川吳氏曰: "凡人昧於理欲善惡之分者, 從欲作惡, 如病狂之人, 蹈水入火, 晏然不以爲非, 蚩蚩蠢蠢, 冥頑不靈, 殆與禽獸無異."

|역주|

- **晏然**: ≪소학小學≫ 〈소학제사小學題辭〉에는 '安'으로 되어 있다. 뜻은 같으므로 교감校勘하지 않는다.
- **蚩蚩**: 무지한 모양을 말한다.
- **自暴自棄**: ≪맹자孟子≫ 〈이루離婁 상上〉에 "말할 때마다 예의禮義를 비방하는 것을 '자포'라고 이르며, 나는 몸소 인仁을 간직하고 의義를 따라 실천하지 못한다고 하는 것을 '자기'라고 이른다.[言非禮義 謂之自暴也 吾身不能居仁由義 謂之自棄也]"라고 하였다.

禽獸같이 지내다가
草木같이 썩어지면

〈사람으로 태어나〉 금수처럼 지내다가
초목처럼 썩어 없어지면

禽 날짐승 금　　獸 들짐승 수　　草 풀 초

| 역주 |

- 이 구절은 세상에 이름을 남기지 못하고 허무하게 죽음을 비유한다. 장구소張
九韶(명明)의 《리학류편理學類編》 권6 〈인물人物〉에 다음과 같이 말하였다.

  "사람이 만물과 천지의 사이에서 함께 살지만, 본래 만물보다 귀함을 알아
  야 한다. 〈사람이〉 본래 만물보다 귀함을 안다면 하늘이 이 리理를 나에게
  품부하고 내가 이 리를 받아 성性으로 삼았음을 알 것이니, 스스로 그 도리
  를 다 발휘하지 않을 수 있겠는가. 진실로 그 도리를 다 발휘하지 못하고 자
  취도 없이 사라지는 지경에 스스로 버려지는 것을 달게 여긴다면 살아서는
  금수禽獸와 함께 가고 죽어서는 초목과 함께 썩어 없어지는 격이다. 아! 서
  글플 뿐이다.[人與萬物並生於天地之間 當知自貴於物 知自貴於物 則天以是理賦於
  我而我受之以爲性者 可不自盡其道哉 苟不能盡其道而甘自棄於殄絕之域 則是生與
  禽獸同行 死與草木同腐 吁 可哀也已]"

浪生浪死 姑舍하고
사람 이름 부끄럽다

헛되이 살다가 헛되이 죽는 것은 고사하더라도
사람이라는 이름이 부끄럽다.

浪 허망할 랑   死 죽을 사   姑 우선 고   舍(≒捨) 버려둘 사

|원주|

- 주자가 말하였다. "천지가 열린 이래로 수많은 사람이 태어났으나 자기의 성性을 다 구현한 사람을 찾아보면 천만 명 가운데 한두 명밖에 없고, 다만 뒤섞여 한 세상을 헛되이 보낼 뿐이다."

  朱子曰: "自開闢以來, 生多少人, 求其盡己者, 千萬人中, 無一二, 只是滚同枉過一世."

|역주|

- 多少: 한쪽 글자에만 뜻이 있는 편의복사偏意複詞로서, 여기서는 '다多'에만 뜻이 있으니 매우 많음을 말한다.

古聖賢의 盛德大業
別件物事 아니로다

옛 성인과 현인의 성대한 덕과 큰 업적은
〈일상생활과 동떨어진〉 별다른 일이 아니다.

古 옛고	聖 걸출할 성	賢 어질 현	盛 성대할 성	業 일 업
別 다를 별	件 일을 세는 단위 건		物 일 물	事 일 사

관선정에서 들리는
공부를 권하는 노래

惇倫하고 崇禮하고
持敬하고 存誠하니

〈옛 성인과 현인은〉
인륜을 돈독히 지키고, 예를 높이고,
경을 견지하고, 성을 보존하였으니,

惇 성실히 지킬 돈　倫 윤리 륜　崇 높일 숭　持 유지할 지　敬 공경할 경
存 보존할 존　　　誠 진실할 성

| 원주 |

● ≪서경書經≫〈우서虞書 고요모皐陶謨〉에 말하였다. "오전五典을 돈독히 차례
　로 편다."

　○오전五典은 바로 오륜五倫이니, ≪맹자孟子≫〈등문공滕文公〉의 이른바 '부
　자유친·군신유의·부부유별·장유유서·붕유유신'이다.

　○장자(장재張載)는 사람을 가르칠 때, 예학禮學을 첫째로 삼았다.

　○두 분 정자의 학문은 경敬을 도道로 들어가는 통로[法門]로 삼았다.

　○≪중용≫에 말하였다. "군자는 성誠(성실함)을 귀하게 여긴다."

≪書≫曰. "惇敘五典." ○五典, 卽五倫, 孟子所謂父子有親·君臣有義·大婦有
別·長幼有序·朋友有信. ○張子敎人, 以禮學爲先. ○兩程之學, 以敬爲法門.

○≪中庸≫曰: "君子誠之爲貴."

|역주|

- 惇敍五典: ≪서경書經≫〈우서虞書 고요모皐陶謨〉에는 다음과 같이 되어 있다.
  "天敍有典 勅我五典 五惇哉(하늘이 〈인륜을〉 차례로 펴 전典을 두니, 우리 오전五典을 바로 세워 다섯 가지를 돈독히 하였다.)"

관선정에서 들리는
공부를 권하는 노래

本分上에 우리學問
日用常行 茶飯이라

본분상 우리 학문은
일상생활에서 늘 실천하는 예사로운 일이다.

| 本 뿌리 본 | 分 분수 분 | 學 배울 학 | 問 물을 문 | 用 쓸 용 |
| 常 항상 상 | 行 실천할 행 | 茶 차 다 | 飯 밥 반 | |

|원주|

● 우리 유자儒者의 학문은 바로 타고난 성性[性分]의 고유한 것을 바탕으로 직분상 해야 할 것을 하니, 〈학문을 하루도 그만둘 수 없는 것은〉 참으로 차를 마시고 밥을 먹는 일을 하루도 그만둘 수 없는 것과 같다.

吾儒學問, 卽因其性分所固有, 而爲其職分之所當爲, 誠如茶飯之不可一日廢也.

|역주|

● 우리 학문: 유학儒學을 말한다.
● 茶飯: 늘 먹는 차와 밥이라는 말로, 특별하거나 대단할 것이 없다는 말이다.

童幼時로 講習하야
習與性成 오래지면

어릴 때부터 〈우리 학문을〉 익혀서
습관이 천성처럼 변함이 오래되면

童 아이 동   幼 어릴 유   時 때 시   講 익힐 강   習 익힐 습
與 더불 여   成 이룰 성

|원주|

- ≪소학小學≫ 〈소학서제小學書題〉에 말하였다. "반드시 어릴 때에 강론講論하여 익히게 하는 것은 그 익힌 것이 지혜와 자라며 교화가 마음과 이루어지게 하고자 해서다."
- 정자의 〈사물잠四勿箴 동잠動箴〉에 말하였다. "습관이 천성天性처럼 변하면 성현聖賢과 동일한 경지로 돌아갈 것이다."

  ≪小學≫曰: "必講而習之於幼稚之時, 欲其習與知長, 化與心成."
  程子〈四勿箴〉曰: "習與性成, 聖賢同歸."

|역주|

- 習與性成: 익힌 것이 완전히 내 것이 되어 태어날 때부터 품부 받은 성性(본연지성本然之性)처럼 된다는 말이다.

관선정에서 들리는
공부를 권하는 노래

厥初에 稟受하던
氣質조차 變化하니

그 처음에 〈하늘로부터〉 품수 받은
기질마저 변화하니,

厥 그 궐   初 처음 초   稟 내려줄 품   受 받을 수   氣 기운 기
質 바탕 질   變 변할 변

|원주|

● 주자가 말하였다. "여백공(여조겸呂祖謙)은 젊을 때 천성天性과 기질氣質이 거칠고 사나워 음식이 마음에 들지 않으면 집안 살림살이를 때려 부쉈다. 나중에 ≪논어≫를 읽다가 '자신을 책망하는 것은 많이 하고 남을 책망하는 것은 적게 한다.'는 대목에 이르러, 갑자기 깨달아 마음이 한순간에 평온해져 마침내 종신토록 갑작스럽게 성을 내는 일이 없었다고 하니, 이를 기질을 변화시키는 법으로 삼을 만하다."

朱子曰: "呂伯公, 少時性氣粗暴, 嫌飮食不如意, 便打破家事. 後讀≪論語≫, 至躬自厚而薄責於人, 忽然覺得, 意思一時平了, 遂終身無暴怒, 此可爲變化氣質法."

- 厥初: ≪소학小學≫ 〈소학제사小學題辭〉에 "대체로 이 성性은 그 처음에 선하지 않음이 없다.[凡此厥初 無有不善]"라고 하였다. 집설集說에서 요로饒魯가 "궐초厥初는 본연本然을 이른다.[厥初 謂本然也]"라고 하였으니, 궐초는 인간이 처음 하늘로부터 품부 받을 때를 말한다.
- 氣質: 기질지성氣質之性이다. 기질지성은 혈기血氣, 곧 육체를 갖춤으로부터 후천적으로 형성되는 성품이다. 기질에는 청탁淸濁이 있고, 이 청탁에 따라 사람마다 다른 인성이 만들어진다. 성리학性理學에서는 학문과 수양修養을 통해 기질지성을 변화시켜 리理의 상태(본연지성本然之性)를 회복할 수 있다고 한다.
- 家事: 가재도구家財道具·기물器物 등 집안의 살림살이를 가리킨다.

柔한 者도 堅剛하고
愚한 者도 智慧있어

〈기질氣質이〉 유약한 자도 굳세고 단단해지며,
어리석은 자도 지혜가 생겨

柔 부드러울 유　者 사람 자　堅 굳셀 견　剛 단단할 강　愚 어리석을 우
慧 슬기로울 혜

|원주|

- 여여숙(여대림呂大臨)이 말하였다. "군자가 학문하는 이유는 기질을 잘 변화시키기 위해서일 뿐이다. 덕德이 기질을 억누르면 어리석은 사람은 현명한 데로 나아갈 수 있고, 유약한 사람은 강인한 데로 나아갈 수 있다."

  與叔曰: "君子所以學, 爲能變化氣質而已. 德勝氣質, 則愚者可進於明, 柔者可進於剛."

希賢하고 希聖하니
踐形惟肖 이 안인가

현인賢人이 되기를 바라고 성인聖人이 되기를 바랄 것이니,
타고난 성性을 모두 구현해 나가는 것은
〈천지와〉 닮은 사람뿐이 아니겠는가.

希 바랄 희   賢 어질 현   聖 걸출할 성   踐 밟을 천   形 몸 형
惟 오직 유   肖 닮을 초

|원주|

- 염계濂溪 주돈이周敦頤가 말하였다. "사인士人은 현인처럼 되기를 바라고, 현인은 성인처럼 되기를 바라고, 성인은 하늘처럼 되기를 바란다."
- 장재張載의 〈서명〉에 말하였다. "타고난 성性을 구현해 나가는 것은 〈천지를〉 닮은 사람뿐이다."

濂溪曰: "士希賢, 賢希聖, 聖希天."
〈西銘〉曰: "其踐形, 惟肖者也."

|역주|

- **踐形**: ≪맹자孟子≫ 〈진심盡心 상上〉의 "〈사람의〉 형체와 용모는 타고난 성性

이다. 오직 성인인 뒤에야 타고난 성을 모두 구현할 수 있다.[形色 天性也 惟聖
人然後 可以踐形]"에서 나온 말이니, 사람이 하늘로부터 품부 받은 성性을 그대
로 실천하여 구현하는 것이다.

- 踐形惟肖: 주희朱熹는 "만약 사람의 성性을 다 발휘하여 사람의 형체에 온
  전히 부합하면 천지와 서로 비슷하여 〈천리天理를〉 어기지 않는다. 그러므
  로 〈천지와〉 닮은 사람[肖]'이라고 한 것이다."라고 풀이하였다. 여기서 천
  지天地는 앞 1장에 나온 '건부곤모乾父坤母'를 뜻한다.

非人이면 不學이오
不學이면 非人이라

사람이 아니면 배우지 않고,
배우지 않으면 사람이 아니다.

非 아닐 비   學 배울 학

古人의 嘉言善行
方策에 自在하다

옛사람의 좋은 말과 좋은 행실이
책에 실려 있다.

右第一章二十四句

이상은 제1장이니, 〈모두〉 24구다.

嘉 아름다울 가   善 착할 선   方 모날 방   策 대쪽 책   自 본래 자

|원주|

- 이 장은 만물 가운데 오직 사람이 가장 귀하고, 사람이 되는 방법은 오직 학문에 달려 있음을 말하였다.

  此章, 言萬物之中, 惟人最貴, 而爲人之方, 惟在學問.

|역주|

- **方策**: 방책方冊과 같은 말로 책을 말한다. 방方은 목독木牘, 책策은 대쪽, 곧 죽간竹簡을 말한다. 종이가 발명되기 전에는 대나무나 나무를 길고 네모나게 잘라 거기에 글씨를 쓰고 가죽끈으로 엮어 책을 만들었다.

2-1

朝日鮮明 우리 나라
首出神聖 檀君이라

아침에 떠오르는 태양의 선명한 빛이
〈처음 도달하는〉 우리나라에
처음 신성한 분이 나오셨으니, 단군이시다.

鮮 뚜렷할 선   首 처음 수   聖 거룩할 성   檀 박달나무 단

|원주|

● 단군은, 할아버지는 환인桓因, 아버지는 환웅桓雄이다. 갑자년甲子年 10월 3
일 〈환웅이〉 태백산太白山 신단수神檀樹[檀木] 아래에 내려오니, 나라 사람이
임금으로 추대하였다. 〈환웅의 아들 단군은〉 평양平壤에 도읍하고 국호國號
를 조선朝鮮이라 하였다. 〈조선은〉 아침에 떠오르는 태양의 선명한 빛이라는
뜻을 취한 것이다. 재위在位는 153년, 향년享年[壽]은 217세다.

≪동국여지승람東國輿地勝覽≫에 "〈단군의〉 묘墓는 평안도 강동현 서쪽 3리
에 있다."라고 하였고, 하정夏亭 유관柳觀이 "〈황해도黃海道 신천군信川郡〉 문
화현文化縣 구월산九月山에 삼성당三聖堂이 있는데, 북쪽 벽에는 환인천왕, 동
쪽 벽에는 환웅천왕, 서쪽 벽에는 단군천왕이 모셔져 있다."라고 하였다.

○ 단군의 원년元年 무진戊辰은 바로 당요唐堯 25년이니, 지금 을유년(1945)과
거리는 4278년이다.

檀君, 祖桓因, 父桓雄. 以甲子十月三日, 降于太白山檀木下, 國人推戴爲君. 都平壤, 國號朝鮮, 取朝日鮮明之義. 在位一百五十三年, 壽二百十七年. ≪輿地勝覽≫云:"墓在平安道江東縣西三里." 柳夏亭觀曰:"文化九月山, 有三聖堂, 北壁桓因天王, 東壁桓雄天王, 西壁檀君天王." ○元年戊辰, 卽唐堯二十五年, 距今乙酉四千二百七十八年.

|역주|

- 太白山: ≪삼국유사三國遺事≫에는 지금의 묘향산妙香山이라고 하였다.
- 檀木: ≪제왕운기帝王韻紀≫ 권 하下 〈동국군왕개국연대東國君王開國年代 병서並序〉와 ≪세종실록世宗實錄≫ 〈지리지地理志〉에는 '神檀樹'로 되어 있고, ≪삼국유사≫에는 '神壇樹'로 되어 있다. 神壇樹는 신에게 제사지내는 제단祭壇 근처에 있는 나무를 뜻하고, 神檀樹는 신령한 나무를 뜻한다. 檀은 박달나무라고도 하고 자작나무라고도 한다.
- '단군의 재위는 153년, 향년은 217년'이라는 것은 무엇에 근거하였는지 모르겠다. ≪삼국유사≫에는 재위 1500년, 향년 1908세라고 하였으며, ≪제왕운기≫에는 재위 1038년, 이후 아사달산阿斯達山에 들어가 신神이 되었으니 죽지 않았다고 하였다.
- 유관柳觀은 유관柳寬(1346~1433)의 초명初名이다. 하정夏亭은 유관의 호號다. 유관은 황해도 문화현의 주산主山 구월산이 아사달산이라고 하였다. 이와 관련한 내용은 ≪세종실록≫ 세종 10년 무신戊申(1428) 6월 14일(을미) 기사에 보인다.

君臣男女 秩序 있고
室廬服食 創制하니

〈단군이〉 군신과 남녀는 질서가 있게 하고,
집과 옷과 음식의 〈제도를〉 창제하니,

秩 차례 질　　**廬** 집 려　　**創** 처음 창　　**制(≒製)** 만들 제

|원주|

● 백성에게 머리를 땋아 뒤로 늘어뜨리고 모자를 쓰게 하였으며, 군신과 남녀의
본분을 정하였으며, 궁실과 의복과 음식의 제도를 세웠으며, 신지神誌에게 명
하여 문서를 담당하게 하고 고시高矢에게 명하여 농사일을 다스리게 하였다.
　나라의 풍속에 농부가 농지農地 사이에서 점심으로 들밥을 먹을 때 반드시
먼저 〈밥을〉 한 숟갈 떠서 던지며 '고시래'라고 부르니, 바로 농사를 가르쳐준
이를 잊지 않는다는 뜻이다.

教民編髮蓋首, 定君臣男女之分, 立宮室衣服飮食之制, 命神誌, 掌書契, 高矢,
治田事. 國俗農人對午餧於田間, 必先除一匙, 呼高矢來, 蓋不忘敎稼穡之意.

太古라 淳厖時代
有國無史 千年이라

아득한 옛날이라 순수하고 인정仁情이 두터운 시대,
나라는 있으나 역사기록이 없는 것이 천년이었다.

淳 순박할 순   厖 두터울 방

|원주|

● 단씨檀氏는 상商나라 왕 무정武丁 을미년乙未年에 나라가 멸망하였으니, 왕업 王業을 누린 햇수가 모두 1048년이나 되지만 사적史籍에 전하는 것이 없다.
　양촌陽村 권근權近이 중국에 들어갔을 때, 명明나라 태조太祖가 단군을 제목 으로 삼아 시를 짓게 하니, 권근이 다음과 같이 시를 지었다.

　세대를 전한 것이 얼마인지 모르겠으나
　왕업을 누린 햇수는 천년을 넘었네

　檀氏至商王武丁乙未, 國絶, 歷年凡一千四十八年, 而史籍無傳. 權陽村近, 入中國, 明太祖命賦詩, 以檀君爲題, 詩曰: "傳世不知幾, 歷年曾過千."

|역주|

● 권근의 시詩는 명明나라 태조가 세복을 성하여 짓게 한 시 24편 중 〈태고적 동

이를 개벽한 왕[始古開闢東夷主]〉이란 제목에 응하여 지은 시다. ≪양촌집陽村集≫ 권1 〈시詩 응제시應製詩〉와 ≪태조실록太祖實錄≫ 등에 실려 있다. 이 시의 전체 내용은 다음과 같다.

전설을 들으니, 아득한 옛날	聞說鴻荒日
단군이 신단수 아래 태어나셨네	檀君降樹邊
임금이 되어 동쪽 나라를 다스리셨는데	位臨東國土
제요의 때와 같다네	時在帝堯天
세대를 전한 것이 얼마인지 모르겠으나	傳世不知幾
왕업을 누린 햇수는 천년을 넘었네	歷年曾過千
뒷날 기자의 세대도	後來箕子代
똑같이 조선이라 이름하였네	同是號朝鮮

〈단군〉, 가회민화박물관

관선정에서 들리는
공부를 권하는 노래

2-4

扶餘氏 北渡하고
殷師白馬 東出하야

부여씨(단군의 후손)가 북쪽으로 건너가고
은나라의 태사太師(기자箕子)를 태운 백마가 동쪽으로 나와

扶 도울 부 餘 남을 여 渡 건널 도 殷 나라이름 은 師 벼슬이름 사

|역주|
- 이와 관련한 내용이 2-5의 원주原注에 나온다.
- 殷師白馬 東出: 은사殷師는 은나라의 태사太師라는 말이다. 기자箕子가 은나라에서 태사 벼슬을 하였다. 백마白馬는 기자가 백마를 타고 동쪽으로 건너왔다는 말이 있어 비유한 것이다. 백마동출은 기자동래箕子東來라는 말과 같으니, 은나라가 멸망하자 기자가 조선朝鮮으로 넘어와 왕이 되었다는 설을 말한다. 현재 학계에는 이 설이 옳지 않다고 주장하는 학자가 많다.

八條禁令 宣布하니
井田가에 楊柳로다

팔조금법을 선포하니,
정전가에 버드나무를 심었도다.

條 가지 조　　**禁** 금지할 금　　**宣** 펼 선　　**布** 펼 포　　**楊** 버드나무 양
柳 버드나무 류

|원주|

- 단군의 네 아들 가운데 막내아들의 이름이 부여夫餘다. 막내아들을 봉封하면서 그의 이름을 국호로 삼았다. 을미년乙未年 나라가 멸망함으로부터 기자箕子가 〈조선으로 온〉 기묘년己卯年까지 1650년이다. 부여씨가 그대로 조선을 다스렸는데, 기씨箕氏가 동쪽으로 오자 〈부여씨는〉 북쪽 예濊 지역으로 옮겨가 북부여北扶餘라고 하였다.

- 은殷나라 태사 기자箕子는, 성은 자씨子氏, 이름은 서여胥餘며, 주왕紂王의 숙부니, 자작子爵으로 기箕에 봉해졌다. 은나라가 멸망하자 중국인 5,000인을 거느리고 동쪽 조선으로 나왔다. 평양에 도읍하고 정전제井田制를 제정하였으며, 동방東方의 풍속이 너무 억셈을 보고는 백성에게 버드나무를 심게 하여 그 성질을 부드럽게 하였으며, 이어서 여덟 가지 금법禁法을 시행하였다. 이로부터 백성이 서로 도둑질하지 않아 인현仁賢의 교화가 있었다.

- 〈기자는〉 재위는 40년, 향년享年[壽]은 93세다. 41세손 기준箕準에 이르러 추존하여 태조문성왕太祖文聖王이라고 하였다.

관선정에서 들리는
공부를 권하는 노래

O 기자 원년 기묘년은 바로 주周나라 무왕武王 원년이며, 단군 기원후 1212년이다. 지금 을유년(1945)과 거리는 3067년이다.

檀君四子, 其季曰夫餘, 蓋封之, 而以其名爲國號. 自乙未國絶, 至箕子己卯, 一百六十五年, 扶餘氏因王朝鮮, 及箕氏東來, 北遷于濊地, 爲北扶餘.
殷太師箕子, 姓子氏, 名胥餘, 紂之叔父, 以子爵封于箕. 殷亡, 率中國人五千, 東出朝鮮, 都平壤, 制井田, 見東俗太剛, 敎民種柳, 以柔其性, 因設八條之禁, 自是, 民不相盜, 有仁賢之化.
在位四十年, 壽九十三. 至四十一世孫準, 追尊爲太祖文聖王. O元年己卯, 卽周武王元年, 檀君紀元後一千二百十二年, 距今乙酉三千O六十七年.

|역주|

- 八條禁令: 기자箕子가 조선으로 넘어온 뒤에 시행했다는 여덟 가지 금법禁法이다. ≪삼국지三國志≫ 〈위지魏志 동이전東夷傳〉에 "옛날에 기자가 조선으로 간 뒤에 여덟 가지 가르침을 만들어 교화하니, 문을 걸어 닫는 일이 없었으나 백성이 도둑질하지 않았다.[昔箕子旣適朝鮮 作八條之敎以敎之 無門戶之閉而民不爲盜]"라고 하였다.

  안정복安鼎福의 ≪동사강목東史綱目≫ 〈제일第一 상上〉에 다음 세 가지 조목이 인용되어 있다.

  1. 사람을 죽인 경우, 목숨으로 〈죄를〉 갚는다.[相殺償以命]
  2. 사람을 다치게 한 경우, 곡식으로 〈죄를〉 갚는다.[相傷以穀償]
  3. 남의 물건을 훔친 경우, 남자는 〈신분을〉 박탈하여 그 〈도둑질한〉 집안의 종으로 삼으며 여자는 관청의 노비로 삼는다. 따로 재물을 바치고 죄를 면제받길 원할 경우, 사람마다 50만 전錢을 내야 한다.[相盜者 男沒爲其家奴 女爲婢 自贖者 人五十萬]

- 井田가에: 기자가 조선에 온 뒤, 평양에 도읍하여 정전법井田法을 시행하였으며, 평양성 남쪽 외성外城에 기자가 정전井田을 구획한 흔적이 남아 있었다고 한다. 그러나 이에 대해서는 고구려가 평양으로 천도한 전후의 도시계획 결과물이라는 설과 고구려 멸망 후 당나라 군대가 설치한 둔전屯田의 유제遺制라는 설이 있다.(한지윤韓致奫, ≪국역 해동역사海東繹史≫ 권25 〈식화

지食貨志 전제田制》)
- 버드나무를 심었도다: 이 때문에 평양을 유경柳京이라고도 한다.

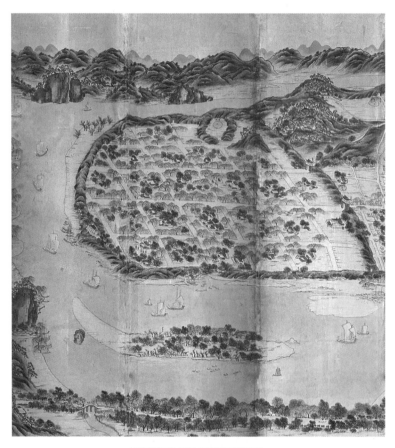

〈평양성도〉부분. 국립중앙박물관

관선정에서 들리는
공부를 권하는 노래

聖子神孫 繼繼터니
馬韓以後 衰弱이라

성신聖神의 자손이 끊임없이 계승하였는데,
마한 이후 〈나라의 세력이〉 쇠약해졌다.

孫 후손 손   繼 이을 계   馬 말 마   韓 나라이름 한   衰 약해질 쇠
弱 약해질 약

|원주|

- 기자의 후손, 예컨대 경효敬孝·문무文武·선혜宣惠·효종孝宗·창덕德昌 같은 여러 왕은 모두 현명하여 꽤 선왕先王의 풍모가 있었다.

- 애왕哀王 준은 연燕나라 사람 위만衛滿에게 쫓겨나 금마군金馬郡으로 천도遷都하고, ─〈금마군은〉 지금의 익산益山이다. ─ 국호를 마한馬韓으로 고쳤다. 왕학王學에 이르러 백제百濟에게 멸망 당하였으니, 왕업王業을 누린 햇수는 기자부터 애왕까지 모두 41세世, 929년이다. 무강왕武康王(애왕 준)에서 여기(왕학)까지 9세 202년을 합하면 〈기자부터 왕학까지〉 모두 1131년이다.

箕子後孫, 若敬孝·文武·宣惠·孝宗·德昌諸王, 皆賢明, 頗有先王之風.
哀王準, 爲燕人衛滿所逐, 遷都金馬郡, ─今益山. ─ 改國號爲馬韓. 至王學, 亡
於百濟, 歷午, 自箕子至貞王, 凡四十一世, 九百二十九午. 幷武康王, 至此, 九
世二百二年, 共一千一百三十一年.

仙桃山 龍馬소리
娠賢肇邦 非常하다

선도산의 용마 소리,
〈성모聖母가〉 어진 이를 임신하고
〈그 아들이〉 나라를 창건하였으니 예사롭지 않다.

仙 신선 선　**桃** 복숭아 도　**娠** 임신할 신　**肇** 창시할 조　**邦** 나라 방
常 평범할 상

|원주|

* 옛 기록에, 신라新羅의 시조 혁거세赫居世는 성이 박씨朴氏다. 어머니 유파소劉婆蘇는 선도산仙桃山에 은거하였는데 하루는 양산楊山 나정蘿井에 나들이를 하였다. 우물 곁에 기이한 기운과 용마龍馬 소리가 있어 고허촌장高墟村長 소벌소伐이 가서 보니 박처럼 큰 알이 있었고, 그 알을 깨보니 어린아이가 있기에 〈데려다〉 길렀다. 어려서부터 뛰어나고 조숙하여 13세에 즉위하여 임금이 되었다. 송宋나라의 사신 왕양王襄이 '선도산의 성모聖母가 어진 이를 임신하였고 〈그 아들이〉 나라를 창건하였.'라는 말을 하였다. 경주慶州에 도읍하였다.

　○ 박혁거세 원년 갑자년은 한漢나라 선제宣帝 신작神爵 5년이고, 단군 기원 후 2277년이다. 지금 을유년(1945)과 거리는 2002년이다.

　　古史, 新羅始祖赫居世, 姓朴氏, 母劉婆蘇, 隱仙桃山, 一日降於楊山蘿井, 井

관선정에서 들리는
공부를 권하는 노래

傍有異氣及龍馬聲, 高墟長蘇伐, 往觀之, 有卵大如匏, 剖有嬰兒, 養之, 自幼岐嶷夙成, 十三立爲君. 宋使王襄, 有仙桃聖母, 娠賢肇邦之語. 都慶州. ○元年甲子, 漢宣帝神爵五年, 檀君紀元後二千二百七十七年, 距今乙酉二千○○二年.

|역주|

- 이 구절은 신라의 시조 박혁거세의 탄생 설화를 읊은 것이다.
- 仙桃山 龍馬소리: 선도산은 경북 경주시 서쪽에 있는 산이름이다. 서술산西述山·서형산西兄山·서연산西鳶山으로도 부른다.

  ≪삼국유사三國遺事≫〈신라시조新羅始祖 혁거세왕赫居世王〉에 다음과 같은 기록이 있다.

  "양산楊山 아래 나정蘿井 곁에 번개처럼 기이한 기운이 땅에 비치는데 흰 말 한 마리가 꿇어앉아 절하는 모습을 하고 있었다. 그곳을 찾아가 살펴보니, 자주빛이 감도는 알이 하나 있었다. 말은 사람을 보고 길게 울고는 하늘로 올라갔다. 그 알을 깨니 사내아이가 나왔는데, 얼굴과 자태가 단정하고 아름다웠다. 놀랍고 기이하게 여겨 이 아이를 동천東泉에서 목욕시키니, 몸에서 광채가 나고 날짐승·들짐승이 모두 춤을 추었으며, 하늘과 땅이 진동하고 해와 달이 맑아졌다. 그러므로 이로 인해 '혁거세왕'이라고 이름을 지었다.【〈혁거세〉는 아마 신라의 말일 것이다. '불구내왕弗矩內王'이라고도 하니, 세상을 밝게 다스린다는 말이다. 해설하는 이가 '이분(혁거세)은 서술산西述山의 성모聖母가 낳은 분이다. 그러므로 중국 사람의 찬讚에「선도산仙桃山의 성모가 어진 이를 임신하였고〈그 아들이〉나라를 창건하였다.'라는 말이 이것이다.'라고 하였다.】[楊山下蘿井傍 異氣如電光垂地 有一白馬跪拜之狀 尋撿之 有一紫卵 馬見人長嘶上天 剖其卵得童男 形儀端美 驚異之 浴於東泉 身生光彩 鳥獸率舞 天地振動 日月淸明 因名赫居世王【蓋鄕言也 或作弗矩內王 言光明理世也 說者云 是西述聖母之所誕也 故中華人讚仙桃聖母 有娠賢肇邦之語 是也】]"

  성모聖母는 본디 중국 제실帝室의 딸로 이름은 파소婆蘇다. 그는 일찍 신선술神仙術을 터득하고 우리나라에 와 머무르며 오래도록 돌아가지 않고 신神이 되었는데, 신라의 시조 박혁거세를 낳았다고 한다.(≪삼국유사≫〈선도성모수희불사仙桃聖母隨喜佛事〉)

2-8

三姓이 相傳하니
揖讓遺風 可觀이라

〈박朴·석昔·김金〉 세 성씨가 서로 〈왕위를〉 전하니,
읍양의 예를 지키는 풍속이 볼 만하다.

姓 성 성　　**傳** 전할 전　　**揖** 읍할 읍　　**讓** 사양할 양　　**遺** 남길 유
風 풍속 풍　　**觀** 볼 관

|원주|

● 석씨昔氏의 시조 탈해왕脫解王은 혁거세의 손녀사위니, 후에 즉위하여 왕이
되었다. 김씨金氏의 시조 알지閼智는 6세손 미추味鄒에 이르러 왕이 되었다.
박朴·석昔·김金 세 성씨 중에 어진 이를 택하여 〈왕으로〉 세웠으니, 옛날 읍양
揖讓의 예禮를 지키는 풍속이 있었다.

昔氏始祖脫解王, 爲赫居世孫壻, 後立爲王. 金氏始祖閼智, 至六世孫味鄒, 爲
王. 朴·昔·金三姓, 擇賢立之, 有古揖讓之風.

|역주|

● 揖讓: 읍하는 동작과 사양하는 동작으로, 겸손히 예禮를 실천함을 말한다.

薩水에서 隋軍擊破
乙支公의 神勇이오

살수에서 수나라 군대를 격파함은
을지문덕공乙支文德公의 비범한 용맹이요,

薩 강이름 살   隋 나라이름 수   軍 군대 군   擊 칠 격   破 깨뜨릴 파
勇 용감할 용

|원주|

● 고구려의 시조 고주몽高朱蒙은 북부여北扶餘의 왕 해모수解慕漱의 아들인데, 스스로 고신씨高辛氏의 후손이라 일컬으며 고高를 성씨로 삼았다. 박혁거세朴赫居世와 나란히 섰으며, 졸본부여卒本扶餘에 도읍하였고, 후에 평양平壤으로 도읍을 옮겼다.

영양왕嬰陽王 때에 이르러 수隋나라 양제煬帝 양광楊廣이 군사 100여만 명을 동원하여 요하遼河를 건너 고구려를 공격하자, 〈영양왕이〉 을지문덕에게 명하여 이들을 막게 하였다. 을지문덕의 지략과 용맹이 보통 사람보다 뛰어나 용병술用兵術이 신神 같았다. 사방에서 포위하여 습격하니 수나라 군대가 대패하여, 살아서 돌아간 자가 겨우 2,700명이었다. 수나라가 이 때문에 멸망하였다.

高句麗始祖高朱蒙, 北扶餘王解慕漱子了, 自稱高辛氏之後, 以高爲姓. 與赫居世并立, 都卒本扶餘, 後移都平壤. 至嬰陽王時, 隋煬帝楊廣, 發兵百餘萬, 渡遼攻句麗, 命乙支文德拒之, 文德智勇過人, 用兵如神, 四面鈔擊, 隋軍大敗,生還者僅二千七百人, 隋因以亡.

|역주|

● 高辛氏: 중국의 고대 전설상의 제왕이다. 성은 희姬, 이름은 준俊, 호는 곡嚳
이다. 중국인의 시조라 불리는 황제黃帝의 증손曾孫이다. 어머니가 거인의 발
자국을 밟고 잉태하여 태어났고, 태어날 때부터 자신의 이름을 말할 수 있는
명석한 사람이었다고 기록되어 있다. 황제黃帝·전욱顓頊·요堯·순舜과 함께 오
제五帝로 불린다.(≪사기史記≫ 〈오제본기五帝本紀〉 참조)

관선정에서 들리는
공부를 권하는 노래

渡海하던 百濟王仁
日本文字 始祖로다

바다를 건너간 백제의 왕인 박사가
일본 문자의 시조로다.

渡 건널 도　　濟 건널 제　　文 글자 문　　字 글자 자　　始 처음 시
祖 할아버지 조

|원주|

• 백제의 시조 온조溫祚는 주몽朱蒙의 둘째 아들이다. 처음에 한성漢城에 도읍
하였고 후에 부여扶餘로 도읍을 옮겼다. 고이왕古爾王 51년 을사년乙巳年에 이
르러 박사 왕인王仁에게 명하여 ≪논어≫ 10권·≪천자문≫ 1권을 가지고 일본
에 들어가게 하니, 일본의 군장이 자기 아들 치랑稚郎을 보내 배우게 하였다.
일본에 문자가 있게 된 것은 여기에서 비롯하였다.

百濟始祖溫祚, 朱蒙之次子, 始都漢城, 後移都扶餘. 至古爾王五十一年乙巳,
命博士王仁, 賫論語十卷千字文一卷, 入日本, 日君, 使其子稚郎學焉, 日本之
有文字, 始此.

|역주|

• 千字文: 왕인이 일본에 ≪천자문≫을 전한 것은 5세기니, 여기서 말한 ≪천자

문≫은 삼국시대 위魏나라의 종요鍾繇(151–230)가 지은 ≪천자문≫인 듯하다.
- 稚郞: ≪일본서기日本書紀≫의 '토도치랑자菟道稚郞子(우지노와키 이라츠코)'니, 제15대 응신천황應神天皇의 황태자다.

관선정에서 들리는
공부를 권하는 노래

濟麗二國 統合후에
新羅文物 全盛터니

백제와 고구려 두 나라를 통합한 뒤에
신라의 문물이 전성기를 맞이하였는데,

濟 건널 제　　麗 아름다울 려　　統 합칠 통　　羅 그물 라　　盛 성대할 성

|원주|

- 신라의 문무왕文武王이 당唐나라의 군대를 요청하고, 김유신金庾信에게 고구려와 백제를 공격하여 멸망시킬 것을 명령하였다. 고구려는 왕업王業을 누린 햇수가 동명왕東明王부터 보장왕寶藏王까지 모두 28왕, 705년이고, 백제는 온조왕溫祚王부터 부여풍扶餘豊까지 모두 31왕, 681년이다.
- 통일신라시대 궁성宮城의 장엄함과 문물의 성대함은 지난 시대에는 없던 것이다.

新羅文武王, 請唐兵, 令金庾信, 攻滅句麗及百濟. 句麗歷年自東明王至寶藏, 凡二十八王, 七百五年. 百濟, 自溫祚王至豊, 共三十一王, 六百八十一年. 羅代宮城之壯, 文物之盛, 前代所未有.

|역주|

- 豊: 백제 31대 의자왕義慈王의 다섯째 아들이다. 의자왕이 당나라로 끌려간 뒤, 백제부흥군 중 백제의 왕속 복신福信과 승려 도침道琛이 일본에 구원을

요청하자, 일본에 있던 부여풍扶餘豐이 일본의 원군을 거느리고 661년 9월 귀국하였다. 주류성周留城을 근거로 나당연합군을 위기에 빠뜨리기도 하였으나, 결국 내분으로 다시 백제를 일으키지 못하였다. 663년 백강구전투白江口戰鬪에서 패한 뒤 고구려로 망명하였으며, 고구려가 망한 뒤 당나라에 붙잡혀 가 중국 오령五嶺 이남으로 유배되었다.

관선정에서 들리는
공부를 권하는 노래

千年寶籙 一朝黃葉
麻衣入山 可憐하다

**천년의 왕업王業은 하루아침에 시들어 버리고,
마의태자麻衣太子는 개골산皆骨山으로 들어가니 가련하다.**

寶 보배 보　**籙** 부명符命문서 록　**朝** 아침 조　**葉** 잎 엽　**麻** 삼 마
憐 불쌍히 여길 련

|원주|

● 박씨朴氏는 10왕, 석씨昔氏는 8왕, 김씨金氏는 37왕이며, 모두 992년이다. 고운孤雲 최치원崔致遠은 신라의 국운國運이 이미 다하였음을 보고 '계림鷄林은 낙엽이 진 나무요, 곡령鵠嶺은 푸른 소나무다.'라는 말을 하였으니, 곡령은 고려高麗를 가리킨다.

경순왕敬順王이 고려에 항복하려 할 때, 왕자(마의태자)가 "마땅히 죽음으로 스스로 지켜야 합니다. 어찌 천 년의 사직을 하루아침에 가벼이 남에게 주려 하십니까?"라고 간언하였으나, 왕은 끝내 〈왕자의 간언을〉 따르지 않았다. 왕자가 이에 통곡하며 왕에게 하직 인사를 하고 개골산으로 들어가 바위에 의지하여 집으로 삼고, 삼베로 만든 옷[麻衣]을 입고 나물을 뜯어 먹으며 일생을 마쳤다.

朴氏十王, 昔氏八王, 金氏三十七王, 共九百九十二年. 崔孤雲致遠, 見羅運已訖, 有鷄林黃葉鵠嶺靑松之語, 鵠嶺指高麗. 敬順, 將降於高麗, 王子諫曰: "當

以死自守, 豈宜以一千年社稷, 一朝輕以與人?" 王竟不聽, 王子乃痛哭辭王, 入
皆骨山, 倚岩爲屋, 麻衣草食, 以終其身.

|역주|

- 皆骨山: 겨울의 금강산金剛山을 이르는 말이다. 금강산은 봄의 이름이며, 여름
  에는 봉래산蓬萊山, 가을에는 풍악산楓嶽山이라고 부른다.

〈금강산도金剛山圖 10폭 병풍十幅屛風 〉중
겨울 금강산, 국립민속박물관

麗太祖의 寬仁大度
以正得國 天授로다

고려 태조의 관대하고 인자한 큰 도량으로
바르게 나라를 얻었으니, 하늘이 내려준 것이로다.

麗 아름다울 려 寬 너그러울 관 度 국량 도 得 얻을 득 授 줄 수

|원주|

- 고려의 태조 왕건王建은 금성태수 왕륭王隆의 아들이니, 궁예弓裔를 섬겨 시중侍中이 되었다. 〈왕건의 됨됨이가〉 관대하고 인자하며 도량이 커[豁達] 인심人心이 돌아서서 순종하니, 태봉국泰封國의 홍유洪儒·배현경裵玄慶·신숭겸申崇謙 같은 여러 장수가 함께 옹립하여 왕으로 삼았다. 〈왕건은〉 송악松岳에 도읍하고, 연호를 천수天授로 정하였다. 재위 26년, 향년享年[壽]은 67세다.

  ○ 고려 태조 원년 무인년戊寅年은 후량後梁의 말제末帝(주우정朱友貞) 정명貞明 4년이고, 단군 기원후 3251년이다. 지금 을유년(1945)과 거리는 1028년이다.

  高麗太祖王建, 金城太守隆之子, 事弓裔, 爲侍中, 寬仁豁達, 人心歸順, 泰封諸將洪儒·裵玄慶·申崇謙等, 共立爲王. 都松岳, 建元天授, 在位二十六年, 壽六十七. ○元年戊寅, 後梁末帝貞明四年, 檀君紀元後三千二百五十一年, 距今乙酉一千〇二十八年.

莫重한 訓要中에
首先崇佛은 무슨 일고

더할 수 없이 중대한 〈훈요십조訓要十條〉 가운데
제일 먼저 불교를 숭상한 것은 무엇 때문인가?

莫 없을 막　　**訓** 가르칠 훈　　**要** 중요할 요　　**首** 첫째 수　　**先** 먼저 선
崇 받들 숭　　**佛** 불교 불

|원주|

- 고려 태조가 직접 〈훈요십조〉를 지어 자손에게 보였는데, 그 첫째 조목에 "우리나라의 대업은 반드시 여러 부처가 호위하는 힘에 의지해야 한다. 그러므로 선종禪宗·교종敎宗 사원을 창건하라."고 하였다. 이는 대체로 고려의 창업이 한결같이 도선道詵이 말한 것과 서로 부합하였기 때문에 이처럼 그의 가르침을 신봉한 것이다. 고려 말엽에는 마침내 불교를 숭상하였기 때문에 멸망하였다.

  麗祖自述訓要十條, 以示子孫, 其第一條曰: "[我]國家大業, 必資諸佛護衛之力, 故創立禪敎寺院." 蓋其創業, 一與道詵所言相符, 故信其敎如此, 及其季世, 竟以尙佛亡.

|역주|

- [我]:《고려사절요高麗史節要》권1 태조신성대왕太祖神聖大王 26년 4월조에

관선정에서 들리는
공부를 권하는 노래

의거하여 '我'를 보충하였다.

- 道詵: 신라 말기에 활동한 승려로, 풍수지리風水地理로 이름이 났다. 당시 ≪도선비기道詵祕記≫가 유행하였는데 실제 도선이 지었는지는 알 수 없다. 도선은 "내가 정한 곳 외에 함부로 절을 세우면 지덕地德을 손상하여 왕업을 길게 유지하지 못할 것이다."라고 하였는데, 〈훈요십조〉 제2조에 이를 인용하여 신설新設한 사원은 모두 도선이 정해놓은 곳에 지은 것이니, 이외에 제멋대로 사원을 짓지 말 것을 당부하였다.

≪ 고려사절요 ≫ 훈요십조 부분

興儒學 奉聖像은
晦軒先生德業이라

유학을 일으키고 공자孔子의 화상畫像을 받든 것은
회헌 선생의 덕행德行과 공업功業 덕택이다.

興 일으킬 흥   儒 유학 유   奉 받들 봉   像 본뜰 상   晦 그믐 회
軒 집 헌   業 일 업

|원주|

● 회헌晦軒 문성공文成公 안유安裕는 순흥順興 사람이니, 충렬왕忠烈王을 섬겨
벼슬이 찬성사贊成事에 올랐다. 학문을 일으킴을 자기의 임무로 삼아 백관에
게 은銀과 베를 차등있게 출연하게 하여 섬학전贍學錢을 만들기를 청하였고,
또 학사學士 김문정金文鼎을 중국에 보내 선성先聖(공자孔子) 및 72제자의 초
상을 그려오고, 제기祭器·악기樂器·육경六經·제자서諸子書·사서史書를 구입해
오도록 한 뒤로, 국학國學에서 학업의 가르침을 받는 자가 수백에 달하였다.
우리 조선 중종中宗 신축년辛丑年에 신재愼齋 주세붕周世鵬이 풍기군수가 되
어 순흥의 백운동白雲洞에 서원을 세워 공公을 배향하였다. 명종明宗 경술년
庚戌年에 소수紹修라는 편액을 하사하였다. 우리나라에 서원을 둔 것은 이로
부터 시작하였다.

晦軒文成公安裕, 順興人, 事忠烈王, 官贊成, 以興學爲己任, 請令百官出銀
布有差, (以)[爲]贍學錢, 送學士金文鼎于中國, 畫先聖及七十二子肖像, 購祭

관선정에서 들리는
공부를 권하는 노래

器·樂器·六經·諸子·史以來, 國學受業者, 以數百計. 我中宗辛丑, 周愼齋世鵬, 爲豊基郡守, 建書院于順興白雲洞, 以享公. 明宗庚戌, 賜額曰紹修, 東國之有書院, 始此.

|역주|

- (以)[爲]: 저본에는 '以'로 되어 있으나, 이학규李學逵의 《낙하생집洛下生集》 권6 〈영남악부嶺南樂府 안회헌安晦軒〉에 의거하여 '爲'로 바로잡았다.
- 安裕: 안향安珦의 초명初名이다. 조선 문종文宗 이향李珦의 이름과 같기 때문에 뒤에 피휘避諱하여 고쳐 부른 것이다. 회헌晦軒은 송宋나라 주희朱熹를 추모하여 주희의 호號 회암晦庵을 모방한 것이다. 우리나라에 최초로 성리학性理學을 도입하였다.
- 贍學錢: 국학생國學生의 학비를 보조하기 위해 관리에게 품계와 직위에 따라 내게 한 일종의 장학기금이다. 문무文武 관리 6품 이상은 은銀 1근씩, 7품 이하는 포布를 내게 하였다.

〈선사공자행교상先師孔子行教像〉,
전 당나라 오도자吳道子 작,
청대 복판화. 고판화박물관

耘谷直史 不傳하니
禑昌時事 模糊하다

운곡의 직사가 전하지 않으니,
우왕禑王·창왕昌王 때의 일이 분명치 않다.

耘 김맬운　傳 전할전　禑 사람이름우　昌 사람이름창　模 흐릴모
糊 흐릴호

|원주|

● 당시에 왕우王禑를 승려 신돈辛旽의 아들이라고 여겨, 이를 폐위하고 그 아들
　왕창王昌을 옹립하였다. 저 왕우와 왕창이 만약 참으로 신씨辛氏의 자손이라
　면 목은牧隱 이색李穡과 포은圃隱 정몽주鄭夢周 같은 현인들이 어찌 그를 옹립
　하여 섬겼겠는가. 운곡耘谷 원천석元天錫이 지은 고려사高麗史에는 '왕씨王氏'
　라고 직서直書하였다고 한다. 그러나 세상에 전하지 않으니, 후세 사람이 지금
　까지도 〈왕우가 신돈의 아들이라고〉 의심한다.

　當時以王禑爲僧辛旽之子, 廢之而立其子昌. 夫禑·昌 若果辛姓, 則牧隱·圃隱
　諸賢, 何以立而事之耶. 元耘谷天錫所撰麗史, 直書以王氏云. 然而不傳於世,
　後人至今疑之.

- 直史: 사실을 있는 그대로 기록한 역사서라는 뜻이다. ≪현종실록顯宗實錄≫ 현종 4년 4월 27일 및 ≪현종개수실록顯宗改修實錄≫ 현종 4년 4월 24일 기사에, 원천석이 수고手稿 6권을 남겼는데 당시까지 일부가 남아 있었다는 내용이 나온다. 일각에는 원천석이 만년에 야사野史를 저술하여 궤 속에 넣어 남에게 보이지 않고 가묘家廟에 보관하도록 유언을 남겼는데, 증손대에 와서 사당에 시사時祀를 지낸 뒤 궤를 열어 그 글을 보니 멸족의 화를 초래할 것이라고 하여 불태웠다고 한다. 시집詩集 ≪운곡시사耘谷詩史≫가 전한다.

- 直書以王氏云: 우왕·창왕은 본래 왕씨王氏가 아니기 때문에 종사宗祀를 받들 수 없다, 곧 우왕은 공민왕恭愍王이 아닌 신돈辛旽의 아들이라는 우왕비왕설禑王非王說을 주장한 이성계李成桂를 정면으로 반박하여 우왕이 왕씨 곧 공민왕의 아들이라고 기록하였다는 말이다.

⟨ 원천석 서첩書帖 ⟩, 국립중앙박물관

善竹橋 붉은 피는
理學中에 忠義로다

선죽교 붉은 피는
리학 중 충성忠誠과 절의節義〈의 상징이〉로다.

善 착할 선　　**橋** 다리 교　　**理** 이치 리　　**忠** 충성 충　　**義** 의로울 의

|원주|

- 포은 정몽주는 연일延日 정씨니, 타고난 성품[天分]이 매우 고결高潔하고, 호방
  함이 무리 중에서 두드러지게 뛰어나며, 성리학性理學에 정통하여 당시 임금을
  보좌할 재목이라고 일컬어졌다. 공양왕恭讓王 임신년壬申年에 공公이 태조의 사
  저私邸에 가서 문병하면서 동태를 살펴보고 돌아오는 길에, 태종太宗이 조영규
  趙英珪 등을 보내 선죽교에서 격살하게 하였으니, 지금까지도 돌 위에 핏자국이
  남아 있다. 문충文忠이라는 신호를 내려주고, 문묘文廟에 종사從祀하였다.
  저헌樗軒 이석형李石亨이 선죽교를 지나다가 다음과 같은 시詩를 남겼다.

  주 무왕은 백이의 고결함 받아들여
  해치지 않고 서산에서 굶어 죽게 놔두었네
  선죽교 그날 일
  정 선생을 도와주는 이 없었네

  圃隱鄭夢周, 延日人, 天分甚高, 豪邁絶倫, 深於性理之學, 時稱王佐之才. 恭

관선정에서 들리는
공부를 권하는 노래

讓王壬申, 公往太祖私第, 問病觀變, 及還, 太宗遣趙英珪等擊殺于善竹橋, 至今石上有血痕云. 贈諡文忠, 從祀文廟. 李樗軒石亨, 過善竹橋, 有詩云: "周王容得伯夷淸, 餓死西山不死兵. 善竹橋邊當日事, 無人扶去鄭先生."

|역주|

- **善竹橋**: 개성시開城試 선죽동善竹洞에 있는 돌다리다. 고려의 태조가 개성 시가지를 정비할 때 축조한 것으로 추정한다. 원래 선지교善地橋라고 불렀는데, 정몽주가 이방원 일파에게 피살된 날 밤에 다리 옆에서 참대가 솟아나왔다고 하여 선죽교로 불렀다고 한다.
- **理學**: 정자程子와 주자朱子의 정주학程朱學, 곧 성리학性理學을 말한다. 정몽주는 고려 성리학의 비조鼻祖·조종祖宗으로 일컬어졌는데, 고려말 이색李穡은 정몽주를 동방 리학의 조종으로 평가하였다.
- 이석형의 시는 현행본 ≪저헌집樗軒集≫에는 보이지 않는다. 세간에는 동일한 시를 다음과 같이 쓴 것도 있다.

성주는 백이의 고결함 받아들여	聖周容得伯夷淸
해치지 않고 수양산에서 굶어 죽게 놔두었네	餓死首陽不死兵
선죽교 어귀 그날 저녁	善竹橋頭當日夕
정 선생을 도와주는 이 없었네	無人扶去鄭先生

〈선죽교〉
국립중앙박물관

漢陽城蔥瓏佳氣
仙李樹에 王春이라

한양성 영롱한 기운은
선리수에 봄기운을 불어 넣었다.

漢 물이름 한　陽 볕 양　城 도읍 성　　蔥 푸를 총　　瓏 환할 롱
佳 아름다울 가　氣 기운 기　仙 신선 선　　李 오얏 리　　樹 나무 수
春 봄 춘

|원주|

● 우리 태조는, 성은 이씨李氏, 휘諱는 단旦, 처음 휘는 성계成桂, 자는 군진君晉, 호는 송헌松軒이니, 전주全州 이씨며, 환조桓祖의 아들이다. 고려말에 '목자木子(곧 이씨李氏)가 왕이 된다.'는 예언[讖]이 있자, 충숙왕이 관리에게 명하여 한양에 오얏나무를 심어 〈기른 뒤에〉 베어버리게 하였으나, 오얏나무가 더욱 번성하였다.

○ 〈유명조선국환왕정릉신도비명有明朝鮮國桓王定陵神道碑銘〉에 "아, 위대하도다. 선리仙李여. 뿌리가 단단하고 깊이 박혀 있도다."라 하고, 또 "왕의 기운이 가득 서리니, 끝없이 아름답도다."라고 하였다. 한양에 도읍하였으며, 재위 7년, 상왕上王의 자리에 있은 것이 10년, 향년享年[壽]은 74세다. 광무光武 기해년己亥年에 추존하여 고황제高皇帝라 하였다.

○ 조선 태조 원년 임신년壬申年은 명明나라 태조 홍무洪武 25년이고, 단군檀君 기원후 3745년이다. 지금 을유년(1945)과 거리는 554년이다.

관선정에서 들리는
공부를 권하는 노래

我太祖姓李氏, 諱旦, 初諱成桂, 字君晉, 號松軒, 全州人, 桓祖子. 麗時有木子爲王之讖, 忠肅王, 命官伐李於漢陽, 李樹益盛. ○桓祖定陵碑銘曰: "於皇仙李, 本固根深." 又曰: "王氣鬱蔥, 無疆維休." 都漢陽, 在位七年, 在上王位十年, 壽七十四. 光武己亥, 追尊爲高皇帝. ○元年壬申, 明太祖洪武二十五年, 檀君紀元後三千七百四十五年, 距今乙酉五百五十四年.

|역주|

- 이 구절은 조선 건국 초, 고려의 수도 개경開京에서 한양으로 천도遷都한 것이 조선의 국운國運에 좋은 영향을 끼쳤음을 말한 것이다.
- 仙李樹: 원래 오얏나무 아래에서 태어나 이李를 자신의 성姓으로 삼은 노자老子를 가리킨다. 당唐나라 이세민李世民도 노자를 이씨李氏의 시조로 추앙하였다. 조선이 이씨 왕조기 때문에 선리수에 빗댄 것이다. 봄기운을 불어 넣었다는 것은 조선의 희망찬 앞날을 비유적으로 이른 말이다.
- 王春: 주력周曆에서 봄을 이르는 말이다.

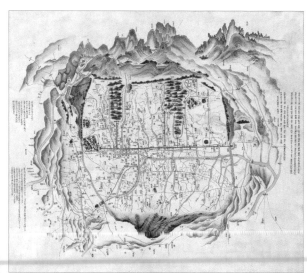

〈도성도都城圖〉,
국립중앙박물관

威化回軍 英武蓋世
天命人心 有歸로다

위화도威化島에서 군대를 돌려 돌아오자
영민하고 용맹함이 세상을 덮고,
천명과 인심이 귀부歸附하였도다.

威 위엄 위　　回 돌릴 회　　英 영민할 영　　蓋 덮을 개　　歸 귀부할 귀

| 원주 |

- 〈고려의〉 왕우王禑가 요동遼東을 공격하려는 전쟁에 오직 최영崔瑩만이 찬동하고 많은 사람이 모두 좋아하지 않았다. 태조가 이에 위화도에서 군대를 돌려 〈개성으로〉 돌아오자, 이로부터 위엄과 권세가 더욱 성대해졌고, 문벌門閥[家]이 나라로 바뀜은 실로 태종이 도와서며, 영민함과 용맹함이 세상을 덮고 민심이 귀부하였으니, 이 또한 하늘이 정한 운명이다.

  王禑攻遼之役, 惟崔瑩贊之, 而衆皆不悅, 太祖乃自威化島回軍, 自是威權益盛, 其化家爲國, 實太宗先後之, 而英武蓋世, 衆心有歸, 蓋亦天數也.

| 역주 |

- 威化島回軍: 고려말 1388년 서경西京에서 5만의 군대를 이끌고 출정한 요동정벌군遼東征伐軍의 장수 이성계李成桂·조민수曺敏修가 압록강 위화도에서 군사

를 돌려 돌아와 정변政變을 일으키고 권력을 장악한 사건이다.

- 太宗先後之: 태종은 고려조에서 문과에 급제하여 밀직사대언密直司代言이 되고, 후에 이성계 휘하에서 신진정객新進政客을 포섭하여 구세력을 제거하는데 큰 역할을 하였다. 또 정조사正朝使 서장관書狀官으로 명明나라에 다녀오고, 1392년 정몽주를 제거하여 이성계를 중심으로 한 세력의 기반을 굳혔다. 이해에 이성계가 조선의 태조로 등극하였다.

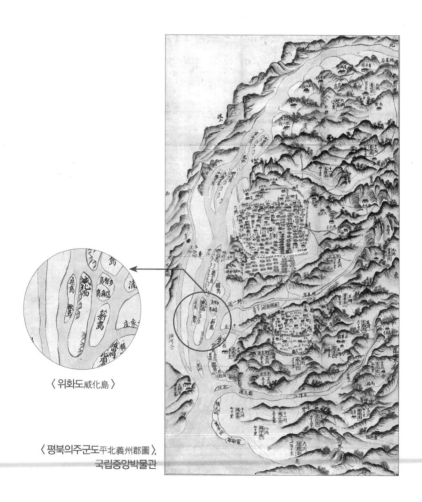

〈 위화도威化島 〉

〈 평북의주군도平北義州郡圖 〉,
국립중앙박물관

海州秬黍 南陽磬石
雅樂이 始備하고

해주에서 큰 기장이 생산되고 남양에서 경석이 나와
아악이 비로소 갖추어졌고,

州 고을 주　　**秬** 찰기장 거　　**黍** 기장 서　　**陽** 볕 양　　**磬** 경쇠 경
雅 바를 아　　**備** 갖출 비

|원주|

● 세종 계축년癸丑年에 황해도黃海道 해주海州에서 큰 기장이 나오고 경기도京
畿道 남양南陽(지금의 경기도 화성 일대)에서 경석磬石이 나오자, 박연朴堧에게
명하여 큰 기장을 취하여 그 푼[分]과 치[寸]를 쌓아 옛 제도에 의거하여 새 편
경編磬 2가를 만들게 하니, 아악이 비로소 갖추어졌다.

世宗癸丑, 海州生秬黍, 南陽産磬石, 命朴堧, 取秬黍, 積其分寸, 依古制, 造新
磬二架, 雅樂始備.

|역주|

● 取秬黍 積其分寸: 거서秬黍는 큰 기장으로, 이를 바탕으로 길이와 부피의 기
준을 만들었다. 낱알 1개를 1푼, 10개를 1치, 100개를 1자[尺]로 하였다.
● 雅樂: 고려와 조선시대에 궁중에서 연주한 전통 궁중음악의 총칭이다.

관선정에서 들리는
공부를 권하는 노래

欽敬閣에 玉漏設置
訓民正音 創造하니

흠경각에 옥루(물시계)를 설치하고
훈민정음을 창제하니,

欽 공경할 흠	敬 공경할 경	閣 집 각	漏 물샐 루	設 베풀 설
置 놓을 치	訓 가르칠 훈	創 만들 창	造 만들 제	

|원주|

● 무오년戊午年에 혼천의渾天儀를 만들었는데, 천추전千秋殿 서쪽 뜰에 흠경각 欽敬閣을 세우고 풀을 먹인 종이로 산을 만들되 높이를 7자쯤 되게 하여 흠경 각 가운데에 두고, 흠경각 안에는 옥루기륜玉漏機輪을 설치하여 물이 떨어지는 힘으로 기륜이 자동으로 회전하게 하고, 또 사신四神·십이신十二神·고인鼓 人·종인鍾人·사신司晨·옥녀玉女를 만들어 온갖 기관이 사람의 힘을 빌리지 않고 자동으로 움직이는 것이 신이 그렇게 하는 것 같았다. 하늘의 운행과 털끝만한 차이도 없으니, 그 규모와 제도가 모두 임금의 재가裁可에서 나왔다.

○병인년丙寅年에 훈민정음을 창제하였다. 상上이 '여러 나라가 저마다 글자를 만들어 나라의 말을 기록하는데, 우리나라만 없다.'라고 하였다. 옛 전서체 篆書體를 모방하고 글자를 초성·중성·종성으로 나누었으며, 28자로도 전환 (자음 17자와 모음 11자로 글자를 조합함)이 무궁하며, 아음牙音·설음舌音·순음脣音·치음齒音·후음喉音이 있다. 이것으로 글을 이해하고 송사訟事를 판결하였으니, 비록 바람 소리·학 울음소리·닭 울음소리·개 짖는 소리라 하더라도 모

두 글로 쓸 수 있게 되었으며, 부녀자와 아이에게 배우게 하면 매우 쉽게 이해하니, 바로 지금의 국문國文이다.

戊午, 制渾天儀, 建欽敬閣於千秋殿西庭, 糊紙爲山, 高七尺許, 置諸閣中, 內設玉漏機輪, 以水激之, 又作四神·十二神·鼓人·鍾人·司晨·玉女, 凡百機關, 不由人力, 自行若神使然. 與天行不差毫釐, 其規模制度, 皆出睿裁. ○丙寅, 制訓民正音. 上以諸國各制字, 以記國語, 獨我國無之. 倣古篆, 字分爲初中終聲, 二十八字, 轉換無窮, 有牙舌脣齒喉之音, 以是解書·聽訟, 雖風聲鶴唳·鷄鳴狗吠, 皆可得以書, 令婦孺學之, 亦易曉, 卽今國文.

|역주|

- 渾天儀: 천체天體의 위치와 운행을 관측하는 기구다. 하늘의 적도赤道·황도黃道·자오선子午線 등에 해당하는 여러 개의 둥근 테로 이루어져 있다.

〈혼천의〉, 국립중앙박물관

관선정에서 들리는
공부를 권하는 노래

世宗의 文武大業
天縱하신 聖智시고

세종의 문덕文德과 무략武略의 큰 업적,
하늘이 내린 성지시고,

宗 마루종   業 일업   縱 풀어놓을종   聖 성스러울성   智 지혜지

|원주|

- 세종은 총명함이 매우 크고 헤아릴 수 없는 기략機略을 홀로 운용하여 모든 업적이 다 빛이 났으나, 〈특히〉 문덕文德을 높이고 무략武略을 닦으며 예禮를 일으키고 음악을 바로잡았기 때문에, 동방의 요堯·순舜이라 일컬어진다.

  世宗, 聰明豁達, 神機獨運, 庶績咸熙, 崇文修武, 興禮正樂, 稱東方堯舜.

|역주|

- 聖智: 총명예지하여 정통하지 않은 것이 없음을 이르는 말로, 뛰어난 도덕과 지혜를 갖춘 사람을 가리킨다.

集賢殿 雪夜貂衾
待士恩禮 特殊터니

〈문종文宗이〉 집현전 〈학사에게〉
눈 내린 밤 담비가죽 이불을 덮어주고,
학사를 대우하는 은총과 예우가 특별하였는데,

集 모을 집	**賢** 어질 현	**殿** 전각 전	**雪** 눈 설	**夜** 밤 야
貂 담비 초	**衾** 이불 금	**待** 대우할 대	**恩** 은혜 은	**特** 다를 특
殊 다를 수				

|원주|

● 문종이 병이 들자 집현전의 여러 신하를 불러 한밤중까지 촛불을 켜고 논란하였는데, 세자(단종端宗)를 무릎에 앉히고 손으로 그 등을 쓰다듬으며 "내 이 아이를 경들에게 부탁하오."라 하고 마침내 술을 내렸다. 왕이 어탑御榻에서 내려와 먼저 술잔을 잡고 술을 권하니, 성삼문·신숙주 등이 모두 취하여 바닥에 쓰러지자, 주상主上이 내시에게 명하여 〈가마에〉 태워 입직청入直廳으로 보내게 하였다. 이날 밤 큰 눈이 내렸는데, 주상이 직접 담비가죽 이불을 덮어주니 특이한 향기가 방안에 가득하였다. 술이 깨자, 여러 사람이 모두 감동하여 눈물을 흘리고, 특별한 대우에 보답할 것을 맹세하였다.

文宗有疾, 召集賢諸臣, 至夜分, 秉燭論難, 置世子於膝下, 手撫其背, 曰: "子以此兒付卿等." 遂賜酒, 王降榻, 先執爵以勸. 成三問·申叔舟等皆醉, 仆於地, 上命中官, 擔昇至直廳. 是夜大雪, 上親覆貂皮衾, 異香滿室. 及醒, 衆皆感泣, 誓報殊遇.

|역주|

● 榻: 어탑御榻으로 임금이 앉는 자리에 단을 높여 놓은 시설이다.

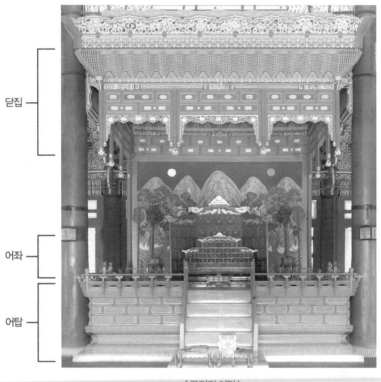

〈근정전 어탑〉

淸泠浦 子規소리
千古寃恨 그지없다.

청령포 두견새 소리,
천고의 억울한 한 끝이 없네.

泠 깨우칠 령   浦 물가 포   規 법 규   寃 억울할 원   恨 한스러울 한

|원주|

● 단종은 문종의 아들로 계유년癸酉年에 즉위하였으니, 당시 나이 12세였다.
  세조는 숙부로서 〈자신에게〉 손위遜位(양위)하도록 왕(단종)을 협박하여 〈단
  종을〉 상왕上王으로 삼고 스스로 즉위하였다.

  병자년丙子年 여름에 집현전 학사 매죽梅竹 성삼문成三問·취금醉琴 박팽년朴
  彭年·단계丹溪 하위지荷緯地·백옥白玉 이개李塏·충경忠景 류성원柳誠源·충목
  忠穆 유응부俞應孚가 상왕의 복위를 모의하였는데, 일이 발각되어 극형을 받
  았으니, 이들을 '사육신死六臣'이라 일컫는다. 얼마 안 되어 상왕을 강봉降封하
  여 노산군魯山君이라 하고, 〈적거지謫居地를〉 영월寧越로 옮겼다. 청령포에 도
  착하여 노래를 짓고, 또 〈자규사子規詞〉를 읊어 자신의 신세를 서글퍼하였다.

  정축년丁丑年 겨울에 세조가 또 사람을 보내 단종을 목 졸라 죽였다. 당시 노
  산군을 위해 충성을 다한 사람이 매우 많았다. 매월당每月堂 김시습金時習·추
  강秋江 남효온南孝溫·경은耕隱 이맹전李孟專·어계漁溪 조려趙旅·문두文斗 성담
  수成聃壽·관란觀瀾 원호元昊는 '생육신生六臣'이라 일컫는다.

端宗, 文宗子, 癸酉卽位, 時年十二. 世祖以叔父, 魯王遜位, 爲上王, 自立. 丙子夏, 集賢學士成梅竹三問·朴醉琴彭年·荷丹溪緯地·李白玉塓·柳忠景誠源·俞忠穆應孚, 謀復上王, 事覺, 被極刑, 是稱死六臣. 尋降封上王, 爲魯山君, 遷于寧越, 至淸泠浦, 作歌, 又吟〈子規詞〉, 以自悲. 丁丑冬, 世祖又遣人縊殺之. 時爲魯山盡忠者, 甚多. 金每月時習·南秋江孝溫·李耕隱孟專·趙漁溪旅·成文斗聃壽·元觀瀾昊, 稱生六臣.

|역주|

● **子規詞**: 현재 영월의 자규루子規樓에 〈자규사〉가 걸려 있다. 이 누각은 본래 매죽루梅竹樓인데, 단종이 매죽루에 올라 두견새 울음소리를 듣고 〈자규사〉를 읊은 일 때문에 자규루로 이름이 바뀌었다. 〈자규사〉를 소개하면 다음과 같고, 아울러 〈자규시子規詩〉도 소개한다.

달 밝은 밤 두견새 구슬픈 울음소리에	月白夜蜀魄啾
서러운 마음 참으며 누대에 기대었네	含愁情依樓頭
네 울음소리 구슬퍼 내 듣기 괴롭구나	爾啼悲我聞苦
네 울음소리 없으면 내 서러움 없으련만	無爾聲無我愁
세상 괴로운 이에게 말하노니	寄語世上苦勞人
춘삼월 자규루에 부디 오르지 마소	愼幕登春三月子規樓

〈자규시〉

원통한 새가 궁궐에서 나온 뒤로	一自冤禽出帝宮
외로운 홑몸 푸른 산에 날아들었네	孤身隻影碧山中
밤마다 잠을 청해도 잠들지 못하고	假眠夜夜眠無假
해마다 맺힌 한 풀어버리려 해도 맺힌 한이 풀리지 않네	窮恨年年恨不窮
울음소리 끊긴 새벽 산봉우리엔 지는 달 밝은데	聲斷曉岑殘月白
피가 흐른 듯 봄 골짜기엔 떨어진 꽃잎이 붉구나	血流春谷落花紅
하늘은 귀가 먹었는지 애달픈 하소연 듣지 못하고	天聾尙未聞哀訴
어찌하여 시리운 시림 귀먼 유독 밝은가	何奈愁人耳獨聰

戊午士禍 繼作하니
士林喪氣 어이할고

무오년에 사림士林의 화가 연이어 일어나니,
사림의 기상이 꺾임을 어찌할꼬.

禍 재앙 화　**繼** 이을 계　**作** 일어날 작　**林** 수풀 림　**喪** 잃을 상
氣 기운 기

|원주|

● 연산군燕山君 때 무오사화戊午史禍는 곧 우리 조선조 사화史禍 가운데 첫 번
째 사화다. 점필재佔畢齋 김종직金宗直은 선산善山 김씨니, 강호江湖 김숙자金
叔滋의 아들로 문장이 세상에 으뜸이었다. 〈조의제문弔義帝文〉을 지어 두었는
데, 문인 탁영濯纓 김일손金馹孫이 사관史官으로서 그 글을 국사(《성종실록成
宗實錄》)에 실었다.

　유자광柳子光은 점필재와 개인적으로 사이가 좋지 않았는데, 사초史草를 보
고 "이것은 모두 세조를 가리켜 지은 것이다."라 하고, 구절마다 허구로 날조
하였기 때문에 마침내 〈김종직을〉 대역죄로 판결하였다. 그러나 점필재가 죽
은 뒤기 때문에 화禍가 저승[泉壤]까지 미치고, 탁영 김일손 및 수헌睡軒 권오
복權五福·승지承旨 권경유權景裕·한재寒齋 이목李穆·정자正字 허반許磐이 모두
극형을 받았다. 이와頤窩 홍한洪瀚도 장형杖刑을 받고 유배 가는 길에 죽었다.
매계梅溪 조위趙偉·일두一蠹 정여창鄭汝昌·용재慵齋 이종준李宗準·한훤당寒暄
堂 김굉필金宏弼은 죽기도 하고 유배 가기도 하였으니, 일시에 사류士類를 거

의 일망타진하였다.

燕山戊午, 卽我朝史禍之首. 佔畢齋金宗直, 善山人, 江湖叔滋之子, 文章冠世, 有著〈弔義帝文〉, 門人金馹縷駧孫, 以史官, 載其文於國史, 柳子光, 與佔畢有嫌, 見史草曰: "此皆指世祖而作." 因逐句構捏, 遂斷以大逆, 時佔畢已卒, 禍及泉壤, 馹縷及權睡軒五福·權承旨景裕·李寒齋穆·許正字磐, 同被極刑. 洪頤窩瀚亦杖流道卒. 趙梅溪偉·鄭一蠹汝昌·李慵齋宗準·金寒暄宏弼, 或死或竄, 一時士類, 網打殆盡.

|역주|

- 我朝史禍之首: 조선조 4대 사화는 무오사화戊午史禍·갑자사화甲子士禍·기묘사화己卯士禍·을사사화乙巳士禍다. 무오사화는 김일손의 사초史草, 곧 김종직의 〈조의제문〉이 발단이 되어 일어난 조선시대 최초의 사화士禍다. 이 사화로 신진사류가 훈구세력에게 화를 입었다. 갑자사화는 연산군의 생모生母 폐비 윤씨의 복위문제가 발단이 되어 일어난 사화다. 이 사화로 신진사류는 완전히 몰락하였고, 특히 성종成宗 때 양성한 선비가 수난을 당하여 유교적 왕도정치와 학계가 침체되었으며, 중종반정中宗反正의 결정적 원인이 되었다. 기묘사화는 신진사류의 급진적 개혁정책과 공신에 대한 위훈삭제僞勳削除 사건이 발단이 되어 일어난 사화다. 이 사화로 조광조趙光祖 등이 사사되어 사림파가 몰락하고 현량과賢良科가 폐지되었으며, 공신에서 삭탈된 훈구파는 모두 복훈되었다. 을사사화는 윤원형尹元衡 일파가 윤임尹任 일파를 숙청하면서 사림이 크게 화를 입은 사화다.
  약 50년간 네 차례의 사화를 통해 사림파는 큰 피해를 입고 세력이 약해졌으나, 은둔한 사림이 학문에 전념하여 성리학을 발전시켰으며 또 서원을 일으켜 학문과 정론政論의 장을 마련하였다. 선조宣祖 때 사림이 다시 중앙정계에 진출하였으나 사화로 생겨난 분파를 바탕으로 붕당朋黨을 형성하였다.
- 禍及泉壤: 부관참시剖棺斬屍, 곧 무덤에서 관을 꺼내 시체의 목을 잘라 거리에 내거는 것을 말한다.

慶會樓 賞花宴에
滿朝百官 盡醉하니

경회루의 상화연에서
조정의 모든 벼슬아치가 술에 흠뻑 취하였으니,

慶 경사 경	會 모일 회	樓 누대 루	賞 감상할 상	宴 잔치 연
滿 가득찰 만	朝 조정 조	官 벼슬 관	盡 한껏 진	醉 술취할 취

|원주|

● 중종이 연산군을 폐위하고 반정反正을 하였다. 무인년戊寅年 봄에 경회루에서 상화연賞花宴을 베풀며 조정의 신하에게 술에 흠뻑 취한 뒤에 나가라고 명하였다. 그때 어떤 내신內臣이 ≪근사록≫ 1책을 습득하였는데, 주상主上이 "이것은 분명 권벌權橃의 소매에서 떨어진 것이다."라 하고, 돌려주라고 명하였다.
　권공權公은, 호는 충재冲齋, 벼슬이 좌찬성左贊成에 올랐으며, 조정에 있을 때 큰 절개가 있었다. 명종 정미년丁未年에 회재晦齋 이언적李彦迪과 함께 먼 곳으로 유배를 당하였다. 시호는 충정忠定이다.

中宗廢燕山反正. 戊寅春, 設賞花宴於慶會樓, 命朝臣盡醉而出, 時有內臣, 拾得≪近思錄≫一册, 上曰: "此必落自權橃袖中." 命還之. 權公號冲齋, 官左贊成, 有立朝大節, 明宗丁未, 與李晦齋, 同被遠竄, 謚忠定.

- 賞花宴: 늦은 봄에 꽃을 감상하는 연회다. ≪영조실록英祖實錄≫에 중종中宗 때 경회루에서 상화연을 베풀었다는 기사가 있다.(권64 영조 22년 8월 22일 4번째 기사)

〈경회루〉, 국립중앙박물관

明良際會이 아닌가
三代至治 庶幾러니

명군明君과 양신良臣이 만난 때가 아닌가.
〈하夏·은殷·주周〉 세 왕조의 지극한 다스림을 바랐는데,

良 좋을 량   際 즈음 제   會 모일 회   至 지극할 지   治 다스릴 치
庶 바랄 서   幾 바랄 기

|역주|
* 三代: 중국의 하夏·은殷·주周 세 왕조인데, 역사상 가장 태평한 시대라고 한다.

禁葉蟲彫 可痛하다
先正文臣 被禍하네

궁궐의 나뭇잎에 벌레가 〈글씨를〉 갉아놨으니 애통하다.
선정문신이 화를 당하였네.

禁 궁궐금　葉 나뭇잎 엽　蟲 벌레 충　彫 새길 조　痛 가슴아플 통
被 당할 피　禍 재앙 화

|원주|

● 정암 조광조는 한양漢陽 조씨다. 타고난 자질이 탁월하고 경학經學이 높고 깊어 중묘中廟(중종中宗)가 믿고 의지한 사람이다. 대사헌大司憲에 제수된 지 3일 만에 남녀가 길을 달리하고, 다스림과 교화를 크게 일으키고자 나라 안의 명사名士를 두루 천거하여 조정의 반열에 참여시키니, 새로 벼슬에 오른 사士들이 스스로 '천 년에 한 번 만나는 좋은 기회인데, 오직 한 달이나 한 철 동안 〈하夏·은殷·주周〉 세 왕조의 제도를 다 시행하지 못할까 염려스럽다.'라고 하였다.

일을 논의하는 것이 바람이 일듯 세차고, 또 소인을 배척함을 엄격하게 하였다. 남곤南袞은 문장을 잘하여 당시 명망이 있었으나 사람들이 그의 간사함을 싫어하여 매번 '남소인南小人'이라 일컬었다. 심정沈貞도 대간臺諫에게 탄핵되어 파직을 당하였다. 그래서 두 사람이 분노와 원한을 마음에 담아두었는데, 마치 지진이 나자 주상主上이 근심하고 두려워하며 펼쳐 계시기 못하자, 남곤이 사람을 보내 궁궐의 동산에 몰래 들어가 단맛이 나는 즙으로 나뭇잎에 '주초위왕走肖爲王' 네 글자를 쓰게 하여 산의 벌레가 글자를 따라 갉아먹어 글자

를 이루게 하고는 인하여 "주초走肖는 조趙다."라고 말하였다. 당시 조정의 권세와 인심이 모두 조광조에게 쏠려있었기 때문에 주상이 마침내 매우 의심하였다.

정암靜庵 및 충암冲庵 김정金淨·복재服齋 기준奇遵이 모두 사사賜死되었으니, 이것이 기묘사화己卯士禍다. 당시 태학생 이약수李若水·나빈羅彬·박광우朴光佑 등 천여 사람이 대궐 문을 밀치고 들어가 통곡하였고, 영상領相 문익공文翼公 정광필鄭光弼도 힘껏 구원하였으나 〈끝내 구원하지〉 못하였다.

○ 정암靜庵은 시호가 문정文正이니, 문묘文廟에 종사從祀되었다. 충암冲庵은 시호가 문간文簡이며, 복재服齋는 시호가 문민文愍이다.

靜庵趙光祖, 漢陽人, 天資卓越, 經學崇深, 爲中廟所倚仗. 拜大司憲, 三日, 男女異路, 欲大興治化, 遍引國中名士, 布列朝端, 新進之士, 自以爲千載一遇, 惟恐時月之間, 不盡復三代制度. 論事風生, 又嚴於斥小人, 南袞能文有時望, 諸人惡其回邪, 每稱南小人. 沈貞, 亦爲臺諫所彈, 罷. 二人積懷憤恨, 會地震, 上憂懼不寧, 袞乃使人潛於禁園, 木葉以甘汁寫走肖爲王四字, 使山蟲緣食成文, 因言 "走肖者, 趙也." 今朝權人心, 盡歸光祖, 上果大疑之, 靜庵及金冲庵淨·奇服齋遵, 并賜死, 是爲己卯士禍. 時太學生李若水·羅彬·朴光佑等千餘人, 排闥號哭, 領相鄭文翼公光弼, 亦力救不得. ○靜庵, 諡文正, 從祀文廟. 冲庵, 諡文簡; 服齋, 諡文愍.

|역주|
- **蟲彫**: 벌레가 '走肖爲王'이라는 글씨 모양으로 나뭇잎을 갉아 먹은 것을 말한다.
- **先正文臣**: 조광조趙光祖를 이른다.
- **臺諫**: 조선시대 간언諫言을 담당한 관리를 이르는 말로, 곧 사헌부司憲府·사간원司諫院의 벼슬을 통틀어 이르는 말이다.

仁廟自在東宮으로
經學士를 擬用터니

인묘(인종仁宗)는 동궁(세자시절)으로 계실 때부터

경학하는 선비를 등용하려고 하였는데,

廟 사당묘　　經 경서經書 경　　擬 계획할(~하려고 하다) 의　　用 등용할용

〈 인종대왕묵죽도仁宗大王墨竹圖 〉,
국립광주박물관

踐阼하자 短祚하니
臣民哀慟가이 없다

왕위에 오르자마자 단명短命하니,
신민의 애통함이 끝이 없다.

踐 밟을 천   阼 임금자리 조   短 짧을 단   祚 임금자리 조   哀 슬플 애
慟 대단히 슬퍼할 통

|원주|

● 인종은 세자가 된 때부터 인효仁孝하여 성덕聖德이 있어 경술經術(경학經學)을
   숭상하였다. 하서河西 김인후金麟厚가 춘방春坊에 들어오자 함께 대화를 나누
   고는 매우 기뻐하여 은혜가 날로 융숭하였고, 간혹 숙직소에 직접 찾아와 조
   용히 묻고 논란하였다. 또 북창北窓 정렴鄭磏·화담花潭 서경덕徐敬德이 어질
   다는 소리를 듣고 앞으로 크게 등용하려고 생각하였는데, 왕위에 오르자마자
   겨우 8개월 만에 승하하였다.

   　주상主上이 편찮을 때 정렴을 불러 〈궁궐에〉 들어와 진찰하게 하였는데, 정
   렴이 옥수玉手를 끄집어내려 하자 주상이 〈손을〉 내주려 하지 않았다. 찬성贊
   成 윤임尹任이 옆에 있다가 주상의 뜻을 알아차리고는 나인들에게 멀리 물러
   나 있으라고 지시한 뒤에야 진찰할 수 있었으니, 신하들이 이 때문에 주상이
   평소 〈자신을〉 가까이에서 시중드는 사람에게도 허물없이 대하지 않았고, 수
   양한 것이 정대正大함을 새삼 알 수 있었다.

   　상여喪輿가 도성에서 나갈 때, 아래로 깊은 산간벽지까지 우부우부愚夫愚婦

가 달려 나와 통곡하지 않는 이가 없었고, 하루 만에 곡소리가 의주義州·동래東萊까지 도달하였다.

○ 북창北窓은 온양溫陽 사람이며, 정순붕鄭順朋의 아들이니, 태어날 때부터 남다른 자질이 있었다. 나이 14세에 사신을 따라 중국에 들어가 열두 나라의 사신을 만났는데 모두 말이 통하여 문답할 수 있었다. 유儒·석釋·도道 삼교三敎 및 천문天文·지리地理·의약醫藥·율려律呂를 깊이 이해하지 않음이 없었으며, 평소 몸이 마르고 약함을 근심하여 수련하고 처방을 두어 술을 몇 말이나 마셔도 자세가 흐트러지지 않았다. 윤임의 옥사獄事에 자기 아버지에게 힘껏 간언하였으나, 〈아버지가〉 들어주지 않자 미친 척하며 은거하였고, 직접 만가挽歌를 짓고는 앉은 채 죽었으니, 나이 44세였다.

仁宗, 自爲世子, 仁孝有聖德, 雅尙經術. 金河西麟厚, 入春坊, 與語大悅, 恩遇日隆, 或親至直廬, 從容問難. 且聞鄭北窓礦·徐花潭敬德之賢, 擬將大用, 而卽阼, 纔八朔, 昇遐. 上方憂豫, 召鄭礦入診, 礦欲引出玉手, 上不肯. 贊成尹任, 在傍揣知上意, 揮宮人遠之, 然後治診, 諸臣以此益知上之平日不褻於近習, 而所養之正大也. 及喪出自都, 下至深山窮谷, 愚夫愚婦, 莫不奔走號慟, 一日之內, 哭聲達于義州東萊. ○北窓, 溫陽人, 順朋之子, 生有異質. 年十四, 隨使臣入中國, 遇十二國使, 皆能通語問答. 儒釋道三敎及天文·地理·醫藥·律呂, 無不淹貫, 素患淸弱, 修鍊有方, 飮酒數斗不亂, 尹任之獄, 力諫其父, 不聽, 乃陽狂潛藏, 作自挽歌坐化, 年四十四.

|역주|

* 力諫其父 不聽: 정렴의 부친 정순붕은 윤원형尹元衡·이기李芑 등이 일으킨 을사사화乙巳士禍의 중심인물로 윤임 등 대윤大尹을 제거하는 데 앞장서자, 정렴이 간곡하게 말렸다고 한다.

河西不復出仕하고
花潭終不隱遯이라

**하서 김인후金麟厚는 다시는 출사하지 않았고,
화담 서경덕徐敬德은 끝까지 은둔하지 않았다.**

河 물이름 하   復 다시 부   仕 벼슬할 사   潭 못 담   終 끝 종
隱 숨을 은   遯 달아날 둔

|원주|

● 하서河西는 울산蔚山 김씨니, 어려서 신동神童이라 일컬어졌다. 장성해서는 천
문天文·지리地理·의약醫藥·복서卜筮·율려律呂·도수度數에 널리 정통하였고, 성
리학性理學에 더욱 정통하였다. 일찍이 다음과 같은 시를 지었다.

　　하늘과 땅 사이에 두 사람이 있으니
　　중니仲尼(공자孔子)가 원기元氣라면 자양紫陽(주희朱熹)은 진기眞氣일세

　인묘仁廟(인종)를 장사지낸 뒤로 벼슬을 그만두고 〈고향으로〉 돌아갔고, 여러
차례 벼슬에 제수되었으나 나가지 않았다. 매번 인묘가 돌아가신 날에 산골짜
기에 들어가 통곡하였다.

● 화담花潭은 타고난 자질이 매우 총명하였고, 도의道義에 온 마음을 기울여 오
로지 사물의 이치를 철저히 연구함을 일삼았으며, 간혹 여러 날 동안 말없이
가만히 앉아 있었다. 다음과 같은 시를 지었다.

글을 읽던 당시에는 세상을 다스리는 일에 뜻을 두었는데
늘그막에는 다시 안씨顏氏(안회顏回)의 안빈낙도를 즐거워하네
부귀는 다툼이 있어 손대기 어렵고
임천林泉은 막는 이 없어 몸을 편안케 할 수 있네
산나물 뜯고 물고기 잡으면 그런대로 배를 채울 수 있고
달과 바람을 노래하면 정신을 즐겁게 할 수 있네
학문이 의심 없는 경지에 이르러야 참으로 마음이 탁 트일 것이니
헛되이 백 년을 살다 가는 사람은 되지 않으리

죽은 뒤에 영상領相에 추증追贈되었고, 시호는 문강文康이다.

河西, 蔚山人, 幼稱神童. 及長, 博通天文·地理·醫藥·卜筮·律呂·度數, 尤精
於性理之學. 嘗有詩曰: "天地中間有二人, 仲尼元氣紫陽眞." 自喪仁廟, 解官
歸, 累除皆不就. 每仁廟諱日, 入山谷中痛哭.

花潭, 天資聰穎, 潛心道義, 專以窮格爲事, 或默坐累日. 有詩曰: "讀書當日志
經綸, 歲暮還甘顏氏貧. 富貴有爭難下手, 林泉無禁可安身. 採山釣水堪充腹,
咏月吟風足暢神. 學到不疑眞快活, 免敎虛作百年人." 卒, 贈領相, 諡文康.

一綱十目剴切議論
國朝의 龜鑑이오

〈이언적이 올린〉〈일강십목소〉의 절실한 의론은
나라의 귀감이고,

綱 벼리 강　目 조목 조　剴 간절할 개　切 간절할 절　議 의론할 의
論 서술할 론　龜 거북 귀　鑑 거울 감

|원주|

● 회재晦齋 이언적李彦迪은 여주驪州 이씨다. 학문이 높고 깊어 망기당忘機堂 조한보曺漢輔와 태극太極에 관한 논변論辨을 하였다. 〈일강십목소〉를 올리자, 중종中宗은 '그 소의 내용이 모두 격언格言이다. 한가할 때 펼쳐 보면 도움될 것이 반드시 많을 것이다.'라고 하여 해서楷書로 베껴 써서 두 책으로 만들어 올리라고 명하였다. 벼슬은 좌찬성左贊成에 이르렀다.

　명종明宗 정미년丁未年 벽서壁書의 변고變故 때에 평안도平安道 강계江界에 안치되었다. 죽은 뒤에 문원文元이라는 시호를 내렸다. 문묘文廟에 종사從祀되었다.

晦齋李彦迪, 驪州人, 學問崇深, 與曺忘機堂有太極論辨. 上〈一綱十目疏〉, 中宗, 以'其疏皆格言, 燕閑披覽, 所益必多.' 命楷寫二册以進. 官至左贊成. 明宗丁未, 壁書之變, 安置江界, 卒, 諡文元. 從祀文廟.

관선정에서 들리는
공부를 권하는 노래

- 一綱十目: 〈일강십목소一綱十目疏〉다. 중종中宗 36년(1541) 4월 2일에 홍문관弘文館 부제학副提學 이언적李彦迪이 관원들과 함께 자연재해를 극복하기 위해 임금이 힘써야 할 10가지 일에 관해 올린 상소다. 1강綱 10조목條目으로 이루어져 있다.

  1강은 임금의 마음[人主之心術]이니, 학문을 통해 마음을 바르게 해야 한다는 것이다. 10조목은 첫째 집안을 다스리는 일을 엄격하게 함[嚴家政], 둘째 세자를 보양保養함[養國本], 셋째 조정을 바르게 함[正朝廷], 넷째 인재를 등용하고 버리는 일을 신중하게 함[愼用舍], 다섯째 천도를 순히 따름[順天道], 여섯째 인심을 바르게 함[正人心], 일곱째 언로를 넓힘[廣言路], 여덟째 사치와 욕망을 경계함[戒侈欲], 아홉째 군정을 정비함[修軍政], 열째 기미를 살핌[察幾微]이다.

- 壁書之變: 양재역벽서사건良才驛壁書事件을 말한다. 명종 2년(1547) 경기도 과천 양재역 벽에 '위로는 여주女主(문정왕후文定王后), 아래로는 간신 이기李芑가 권력을 휘두르니, 나라가 곧 망할 것'이라는 익명의 벽서가 발견되어, 윤임尹任 일파가 숙청되었다. 을사사화乙巳士禍의 여파로 발생하여 그 잔당으로 지목된 봉성군鳳城君(중종中宗의 서자)·송인수宋麟壽·이약빙李若氷·임형수林亨秀 등이 죽고, 권벌權橃·이언적李彦迪 등 20여 명이 유배되었다. 윤원형尹元衡 일파가 정적을 숙청하기 위해 꾸며낸 일이다. 이를 정미사화丁未士禍라고 하기도 한다.

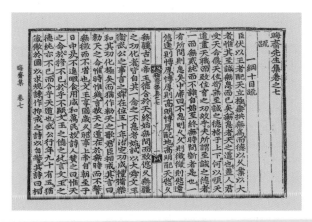

≪회재집≫〈일강십목소〉부분

千載에 寒水秋月
海東考亭 傳心하니

천년 만에 차가운 물과 가을 달 같은
우리나라의 주자朱子(퇴계 이황)가
심학心學을 정통으로 이어받으니,

載 해 재   寒 찰 한   秋 가을 추   海 바다 해   考 살필 고
亭 정자 정

|원주|

● 퇴계 이황은 진보眞寶 이씨니, 타고난 자질이 순수하고 아름다우며, 학문이
  순박하고 독실하다. 《주자전서朱子全書》를 구해 읽고서 기뻐하였고, 참된
  앎과 실천에 힘썼으며, 도道가 이루어지고 덕德이 확립되자 더욱 겸허한 태도
  를 가졌다.
  　《성학십도》를 올리자, 선조宣祖가 병첩屛帖으로 만들라 명하고서 살펴보았
  다. 예안禮安의 퇴계退溪에 살 때 지명을 따라 〈'퇴계'를〉 호號로 삼았다. 선조
  가 '산남궐리山南闕里 해동고정海東考亭' 여덟 자를 큰 글씨로 써서 그의 집에
  하사하고, 또 그 집을 '추월한수秋月寒水'라고 이름을 지어주었으니, 주자의 시
  詩 '삼가 천 년 전 성현聖賢의 마음을 살펴보건대 가을 달이 차가운 강물에 비
  치네.'의 뜻을 취한 것이다. 바로 퇴옹退翁이 주자의 심학心學을 정통으로 이어
  받았기 때문이다.

관선정에서 들리는
공부를 권하는 노래

죽은 뒤에 영상領相에 추증追贈되었고, 시호는 문순文純이다. 도산서원陶山書院에 배향되었다. 또 문묘文廟에 종사從祀되었다.

退溪李滉, 眞寶人, 天資粹美, 學問純篤, 得≪朱子書≫, 讀而喜之, 以眞知實踐爲務, 道成德立, 愈執謙虛. 上≪聖學十圖≫, 宣祖命作屛帖以觀省, 居禮安之退溪, 因地爲號. 御書山南闕里海東考亭八大字, 以賜其第, 又名其軒曰秋月寒水, 取朱子詩恭惟千載心, 秋月照寒水之意. 蓋以退翁得朱子心學嫡傳也. 卒, 贈領相, 諡文純, 享陶山書院. 又從祀文廟.

|역주|

- **寒水秋月**: 차가운 물과 가을밤의 달이니, 덕德이 있는 사람의 맑고 깨끗한 마음을 비유한다.
- **海東考亭**: 퇴계 이황을 가리킨다. 고정考亭은 주희朱熹의 호號다.
- **闕里**: 중국 산동성山東省 곡부曲阜에 있는 마을로, 공자孔子가 산 곳이다. 여기서는 이황이 사는 마을을 가리킨다. '산남궐리山南闕里 해동고정海東考亭'은 이황이 공자와 주자의 도학연원道學淵源을 이어받았음을 말한 것이다.

〈 도산서원도陶山書院圖 〉, 강세황姜世晃 필筆, 국립중앙박물관

大爐鞴의 鑄人手段
門人多出名賢이라

큰 용광로의 주물장이 솜씨처럼
문인 중에 명현을 많이 배출하였다.

爐 화로 로   鞴 풀무 비   鑄 쇠불릴 주   段 방법 단

|원주|

- 당시 유명한 분, 예를 들어 월천月川 조목趙穆·고봉高峯 기대승奇大升·겸암謙庵 류운룡柳雲龍·학봉鶴峯 김성일金誠一·동강東岡 김우옹金宇顒·약포藥圃 정탁鄭琢·백담栢潭 구봉령具鳳齡·덕계德溪 오건吳健·간재艮齋 이덕홍李德弘·백암栢庵 김륵金玏·문봉文峯 정유일鄭惟一·정존재靜存齋 이담李湛·금계錦溪 황준량黃俊良·정암靜庵 김취려金就礪·성재惺齋 금난수琴蘭秀·후조당後凋堂 김부필金富弼이 모두 퇴계의 문인이다.

  當時名公, 如趙月川穆·奇高峯大升·柳謙庵雲龍·金鶴峯誠一·金東岡宇顒·鄭藥圃琢·具栢潭鳳齡·吳德溪健·李艮齋德弘·金栢庵玏·鄭文峯惟一·李靜存齋湛·黃錦溪俊良·金靜庵就礪·琴惺齋蘭秀·金後凋堂富弼, 皆退溪門人.

|역주|

- 주물장이가 쇠를 녹여 물건을 만드는 것처럼 퇴계 이황이 사람을 교육하여 훌륭한 사람을 많이 양성하였음을 말한 것이다.

관선정에서 들리는
공부를 권하는 노래

聖學輯要 經國忠謨
卓立師表高山이라

〈이이의〉 ≪성학집요≫와
나라를 경륜經綸하는 충성스러운 계책은
높은 산처럼 우뚝 선 사표師表(모범)다.

聖 걸출할 성	輯 모을 집	要 요점 요	經 다스릴 경	忠 충성 충
謨(≒謀) 계책 모	卓 높을 탁	師 스승 사	表 모범 표	高 높을 고

|원주|

● 율곡 이이는 덕수德水 이씨니, 어려서부터 총명하여 7세에 경서經書와 사서史書를 암송하였다. 23세에 퇴계 이황을 도산陶山에서 알현하였는데, 다음과 같은 시詩를 지었다.

시내는 수수洙水와 사수泗水의 지류支流요
봉우리는 무이산武夷山에서 이어지네
살림이라고는 경전經典 천 권뿐이요
물러나 사는 집은 몇 칸뿐이네
가슴속은 비 갠 뒤 밝은 달처럼 환하고
담소는 사나운 물결을 그치게 하네
소자는 도道를 듣고자 함이지

선생의 반나절 한가로운 틈을 훔치려는 것이 아닙니다

　황해도黃海道 해주海州 석담石潭에 살 때, 강학하고 문도를 받아들이고, 〈고
산가〉를 지었으며, 은병정사隱屛精舍를 세워 주자朱子를 제향하고, 정암 조광
조·퇴계 이황을 배향配享하여 모범으로 삼았다.
　벼슬은 이조판서吏曹判書에 올랐고, 조정에 나가 벼슬할 때는 충성을 다하였
으며, 〈하夏·은殷·주周〉 세 왕조를 돌이킬 것을 기약하여 ≪성학집요≫를 편
찬하여 올렸다.
　죽은 뒤에 영상領相에 추증追贈되었고, 시호는 문성文成이다. 후에 문묘文廟
에 종사從祀되었다.

栗谷李珥, 德水人, 聰明夙慧, 七歲誦經史. 二十三, 謁退溪于陶山, 詩曰:“溪分
洙泗派, 峯接武夷山. 活計經千卷, 行藏屋數間. 胸衿開霽月, 談笑止狂瀾. 小子
求聞道, 非偸半日閑.”居海州石潭, 講學授徒, 作〈高山歌〉, 建隱屛精舍, 祀朱
子, 配以靜庵·退溪, 爲矜式地. 官吏判, 立朝盡忠, 以挽回三代爲期, 撰≪聖學
輯要≫以進. 卒, 贈領相, 諡文成. 後從祀文廟.

|역주|
* 經國忠謨: 〈시무육조時務六條〉, 〈만언봉사萬言封事〉 등 많은 상소문을 올려 정
　치·경제·문교·국방 등에 가장 필요한 방안을 구체적으로 제시한 것을 말한다.
* 洙泗: 중국 곡부曲阜를 흐르는 수수洙水와 사수泗水를 가리킨다. 공자孔子가
　이 두 강 사이에서 제자를 가르쳤기 때문에 유학儒學을 이르는 말로 쓰인다.
* 武夷山: 중국 복건성福建省에 있으며, 주희朱熹가 무이정사武夷精舍를 짓고 강
　학한 곳이다.
* 霽月: 본래 주돈이周敦頤의 인품을 묘사한 말로, 북송北宋 황정견黃庭堅의 〈염계시
　서濂溪詩序〉 “마음속에 품은 생각이 비 갠 뒤의 시원한 바람과 맑은 달처럼 깨끗하
　다.[胸中灑落 如光風霽月]”에서 나왔다. 인품이 고상하고 도량이 넓음을 비유한다.
* 이이가 이황을 찾아뵙고 지은 시와 이황의 답시答詩가 ≪율곡전서栗谷全書≫
　에 실려 있다. 원주原注에 인용한 시와 글자의 출입이 있어 함께 소개한다.

〈율곡의 시〉

시내는 수수와 사수의 지류요	溪分洙泗派
봉우리의 우뚝함은 무이산이네	峯秀武夷山
살림이라고는 경전 천 권뿐이요	活計經千卷
재산이라고는 집 몇 칸뿐이네	生涯屋數間
가슴속은 비 갠 뒤 밝은 달처럼 환하고	襟懷開霽月
담소하는 가운데 사나운 물결을 그치게 하네	談笑止狂瀾
소자는 도道를 듣고자 함이지	小子求聞道
선생의 반나절 한가로운 틈을 훔치려는 것이 아닙니다	非偷半日間

〈이황의 화답시和答詩〉

병든 나는 문 닫아걸고 봄을 보지 못했는데	病我牢關不見春
그대가 와서 속마음 드러내어	
나의 정신을 차리게 해 주었소	公來披豁醒心神
명성 아래 헛된 선비 없음을 비로소 알았으니	始知名下無虛士
몇 해 전 당신을 공경치 않은 것이 몹시 부끄럽네	堪愧年前闕敬身*
오곡은 돌피가 익어가는 것을 용납하지 않고	嘉穀莫容稊熟美
먼지는 깨끗한 거울을 두고 보지 못한다오	游塵不許鏡磨新
지나친 시구는 거둬두고	過情詩語須刪去
공부에 힘을 쏟아 각자 날로 친해져 보세	努力功夫各日親

*闕敬身: 먼저 찾아가 만나지 않음을 말한다.

壬辰大亂 잊을소냐
四賢相의 中興勳業

임진년의 대란을 잊을쏘냐.
네 어진 재상(류성룡·이항복·이덕형·이원익)의
중흥시킨 큰 공로여.

壬	아홉째 천간天干 임	辰	다섯째 지지地支 진	相	재상 상	勳	공로 훈
業	공적 업	亂	어지러울 란	興	일으킬 흥

|원주|

● 선조 임진년壬辰年에 일본이 대거 쳐들어오자, 명明나라에서 이여송李如松을 파견하여 구원하고, 본조本朝도 충량忠良한 이가 많아 마침내 대란을 토벌하여 평정하였다. 당시 네 어진 재상을 일컬어 중흥의 첫째 공로자라고 하였다.

　문충공文忠公 서애西厓 류성룡柳成龍은 젊을 때 퇴계 이황을 스승으로 모셨는데, 퇴계가 한 번 보고 특별하게 여겨 "이 아이는 하늘이 낸 사람이다. 학문이 순정하고 재능은 경제經濟(나라를 다스리고 백성을 구제함)를 겸하여 수상首相으로서 충성을 다해 나라에 은혜를 갚을 것이다."라고 하였다.

　○ 문충공文忠公 백사白沙 이항복李恒福은 타고난 자질이 위대하고 문장이 고상하고 예스러워 명나라 사신 양방형楊邦亨이 "동방에도 이러한 인물이 있구나."라고 하였다.

　○ 문익공文翼公 한음漢陰 이덕형李德馨은 도덕과 재기才器가 침착하고 꿋꿋

하며, 나라를 위해 몸을 바쳐 대명大明에 들어가 여섯 번 상서上書하여 마침내 구원병을 데리고 돌아왔다.

○ 문충공文忠公 오리梧里 이원익李元翼은 타고난 성정이 맑고 깨끗하며, 지조를 지킴이 확고하여 나라에 큰일이 있을 때면 반드시 그에게 자문하여 결정하였다. 벼슬한 40년 동안 〈가진 것이라고는〉 몇 칸짜리 초가집뿐이었다.

宣祖壬辰, 日本大擧入寇, 明遣李如松來救, 本朝亦多忠良, 竟討平大亂. 當時稱四賢相, 爲中興首功. 西厓柳文忠成龍, 早師退溪, 退溪一見奇之曰: "此兒天所生, 學問純正, 才兼經濟, 以首相盡忠報國." ○白沙李文忠恒福, 天資魁偉, 文章高古, 明使楊邦亨曰: "東方有此人物." ○漢陰李文翼公德馨, 德器沈毅, 亡身殉國, 入大明, 六上書, 竟請援而歸. ○梧里李文忠元翼, 天分精明, 執守堅確, 國有大事, 必咨決焉. 立朝四十年, 惟數間茅屋而已.

〈평양성탈환도平壤城奪還圖〉, 필자미상, 국립중앙박물관

閑山島龜甲船은
忠武公의 武略이라

한산도 거북선은
충무공의 전략戰略이었다.

| 閑 한가할 한 | 島 섬 도 | 龜 거북 귀 | 甲 갑옷 갑 | 船 배 선 |
| 武 전술 무 | 略 꾀 략 | | | |

|원주|

- 충무공忠武公 이순신李舜臣은 덕수德水 이씨니, 젊어서 귀봉龜峯 송익필宋翼弼을 스승으로 모셨으며, 문재文才와 무재武才를 갖추었다. 처음으로 거북선을 만들었는데, 그 제도는 다음과 같다.

  배 위에는 거북이의 등딱지처럼 판자를 덮고 그 위에 十자 모양의 좁은 길을 두어 사람이 다닐 수 있게 하고 그 밖에는 모두 칼과 쇠꼬챙이를 꽂아 놓았다. 배의 선두에는 용머리를 만들되 입에는 화포火砲 구멍을 만들고, 배의 후미는 거북의 꼬리가 되는데 꼬리 아래에 화포 구멍 6개가 있다. 그 밑에 병사를 숨기고 네 방향으로 화포를 쏠 수 있게 하였다.

  배가 운행하는 것이 조용하고 나는 것처럼 민첩하고 빨라, 수전水戰을 벌일 때마다 반드시 큰 승리를 거두어 한 번도 패전한 적이 없다.
  명나라 제독提督 진린陳璘이 "이순신은 천지를 주무르는 천경위지經天緯地

의 재주와 나라를 지킨 보천욕일補天浴日의 공로가 있다."라고 하였다. 논자는 '동방의 명장名將으로 전대前代에는 김유신金庾信이 있고, 후대後代에는 이순신이 있다.'라고 이른다.

忠武公李舜臣, 德水人, 早師宋龜峯翼弼, 有文武才. 刱造龜船, 其制, 船上鋪板如龜背, 上有十字細路, 能容人通行, 餘皆列挿刀錐. 前作龍頭, 口爲銃穴, 後爲龜尾, 尾下有銃穴六. 藏兵其底, 四面發砲. 進退從容, 捷速如飛, 每水戰, 必大捷, 未嘗一敗. 明提督陳璘曰: "舜臣有經天緯地之才, 補天浴日之功." 論者謂東方名將, 前有金庾信, 後有李舜臣.

|역주|
- 經天緯地: 하늘을 날실로 삼고 땅을 씨실로 삼는다는 말로 천하를 경영한다는 뜻이다.
- 補天浴日: 중국 전설상의 여와女媧가 돌을 불려 하늘을 깁고 희화羲和가 감연甘淵에서 해를 목욕시켰다는 신화에서 나온 말로, 세상의 운수를 만회할 만큼 큰 공훈이나 위기 국면을 돌이키는 것을 비유한다.

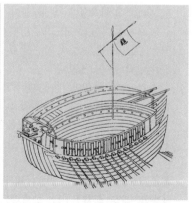

〈거북선〉, 《충무공전서忠武公全書》

堂堂義旗紅衣將軍
攻成身退 더욱 높고

당당히 의병義兵을 일으킨 홍의장군(곽재우)은
공功을 이룬 뒤 스스로 물러났으니 〈그 뜻이〉 더욱 높고,

堂 당당할당	**義** 의로울 의	**旗** 깃발 기	**紅** 붉을 홍	**衣** 옷 의
將 장수 장	**攻** 칠 공	**退** 물러날 퇴		

|원주|

● 망우당忘憂堂 곽재우郭再祐는 현풍玄風 곽씨니, 호방하고 기개가 있으며 뛰어
난 절개를 좋아하였다. 임진왜란이 일어나자 집안의 재물을 나눠주어 향병鄕
兵을 모아 70여 명을 거느리고 정진鼎津·함안咸安에서 적을 쳐부수어 50의 수
급首級을 베었다. 공公이 붉은색 옷을 입고 앞장서 선도하니, 적敵이 '홍의장
군紅衣將軍'이라고 불렀다.

  큰 전공戰功이 있어 왜란倭亂이 평정된 뒤에 통제사統制使·함경감사咸鏡監
司·한성서윤漢城庶尹을 제수하였으나 모두 사양하며 나가지 않고, 울진蔚珍의
산중山中에 은거하여 낚시하는 것을 자신의 즐거움으로 삼아 솔잎을 먹으면서
노년을 보냈다. 시호는 충익忠翼이다.

忘憂堂郭再祐, 玄風人, 倜儻好奇節. 壬辰散家財, 聚鄕兵, 以七十餘人, 破敵
于鼎津·咸安, 斬首五十級. 公嘗着紅衣, 挺身先之, 敵號曰紅衣將軍. 大有戰
功, 及亂平, 拜統制使·咸鏡監司·漢城庶尹, 皆辭不赴, 隱居蔚珍山中, 漁釣自

娛, 食松葉以終老. 諡忠翼.

|역주|

- 成身退: ≪도덕경道德經≫ 9장에 "공이 이루어지면 몸이 물러나는 것은 하늘의 도道다.[功遂身退 天之道]"라고 하였다. 하상공본河上公本에는 '功成名遂 身退 天之道'로 되어 있다. 공과 명성을 이루면 교만이 싹트고, 교만하면 화를 입는 법이다. 대부분의 개국공신開國功臣이 말로가 좋지 않은 것은 이 때문이다. 곽재우가 은거한 것은 이 이치를 몸소 실천한 것이라고 말한 것이다.
- 偶儻: 호방하고 기개가 있어 관습에 구속받지 않음을 이른다.

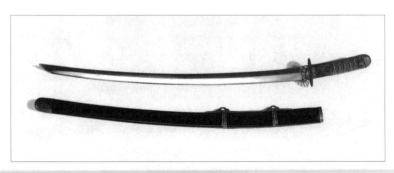

〈곽재우의 칼〉, 다할미디어

儒臣으로 洪州靖亂
治亂可仗文武全才

〈홍가신은〉유신으로서 홍주에서 난리를 평정하였으니,
난리를 다스릴 때 믿고 의지할 만한
문재文才와 무용武勇을 겸비하였다.

儒 선비 유   洪 넓을 홍   州 고을 주   靖 평정할 정   亂 어지러울 난
仗 의지할 장   全 갖출 전

|원주|

● 만전晩全 홍가신洪可臣은 처음에 행촌杏村 민순閔純에게 배웠고, 후에 퇴계 이
황을 스승으로 모셨다. 유학儒學과 중망重望이 있어 천거되어 사헌부司憲府의
대사헌大司憲을 거쳐 벼슬이 형조판서刑曹判書에 올랐다.

　선조 병신년丙申年에 홍주목사洪州牧使로 나갔는데, 충청도忠淸道 부여군扶
餘郡 홍산현鴻山縣의 역적 이몽학李夢鶴이 병사 수 만명을 모아 〈홍산현鴻山
縣·임천군林川郡·정산현定山縣·청양현靑陽縣·대흥군大興郡·부여군扶餘郡〉여
섯 고을을 연이어 함락하고는 이 홍주洪州로 진격하여 포위하였다. 당시 홍주
의 병사는 수백 명이 되지 않았으며, 성城은 작고 낮았다. 논의하는 사람은 모
두 성을 버리고 피하려 하였으나, 공公은 성 밖에 있는 자식과 아우·친척을 모
두 불러 성에 들어와 함께 죽기로 마음먹었다. 한밤중에 복병을 배치하고 횃
불과 불화살을 이용하여 반란군을 크게 쳐부수었다. 역적 이몽학은 자기 부

하에게 피살되었다. 반란이 마침내 평정되자 원훈공신元勳功臣에 책록되고, 영원군寧原君에 봉해졌는데, 그 교서敎書에 "큰 공훈이 유자儒者에게서 나왔다."라고 하였다.

죽은 뒤에 영상領相에 추증追贈되었고, 시호는 문장文莊이다.

晩全洪可臣, 始學於閔杏村純, 後師退溪, 有儒學重望, 薦歷臺憲, 官至刑判. 宣祖丙申, 出牧洪州, 鴻山賊李夢鶴, 聚兵數萬, 連陷六邑, 進圍是州, 時州兵不滿數百, 城小而庫, 議者皆欲棄城避之, 公悉召子弟親戚在外者, 爲入城同死計, 夜半設伏兵, 用火炬·火箭, 大破. 賊夢鶴, 爲其下所殺, 亂遂平, 策元勳, 封寧原君, 有敎書曰: "大勳出自儒者." 卒, 贈領相. 諡文莊.

|역주|
- 洪州: 지금의 충남 홍성洪城이다.

〈홍가신 초상〉, 국립중앙박물관

沙愼兩世談經問禮
學訣曾有法門이오

사계沙溪 김장생金長生과 신독재愼獨齋 김집金集 2대가
경의經義를 담론하고 예禮를 탐구함은
학문의 지결旨訣에 〈학통學統이〉 있었고,

沙 모래 사　　愼 삼갈 신　　談 말할 담　　訣 비결 결　　曾 일찍이 증

|원주|

● 사계 김장생은 광산光山 김씨니, 황강黃岡 김계휘金繼輝의 아들이다. 처음에
귀봉龜峯 송익필宋翼弼에게 배웠고, 후에 율곡 이이를 스승으로 모셔 그의 적
통嫡統이 되었으며, 예학禮學에 정통하였다. 시호는 문원文元이다.
　아들 신독재 김집은 아버지를 섬김이 지극히 효성스러워 아버지를 모시고 함
께 잠을 잔 것이 40년이며, 손과 발처럼 응대하고 필요한 물품을 공급하였다.
가학家學을 물려받아 사문斯文(유학儒學)의 중망重望이 있었고, 동시대에 어진
석학이 그의 가문에서 많이 배출되었다. 시호는 문경文敬이다.
　2대가 모두 문묘文廟에 종사從祀되었다.

沙溪金長生, 光山人, 黃岡繼輝子. 始學於宋龜峯, 後師栗谷, 得其嫡傳, 精通
禮學. 諡文元. 子愼獨齋集, 事父至孝, 侍寢四十年, 應對供給如手足, 傳襲家
學, 有斯文重望, 一時賢碩, 多出其門. 諡文敬. 兩世, 具從祀文廟.

관선정에서 들리는
공부를 권하는 노래

- **學訣曾有法門**: 김장생과 김집은 부자夫子 사이로 가학家學으로 이어져 있고, 그 학문의 연원은 송익필과 이이에게까지 이어짐을 말한 것이다.

〈 김장생 초상 〉, 국립중앙박물관

萬東廟風泉齋는
尊攘大義自任이라

만동묘와 풍천재는
존화양이尊華攘夷의 대의를 자임한 것이다.

萬 일만 만   廟 사당 묘   泉 샘 천   齋 집 재   尊 높일 존
攘 물리칠 양   任 맡길 임

|원주|

- 우암尤庵 송시열宋時烈은 은진恩津 송씨니, 수옹睡翁 송갑조宋甲祚의 아들이
  다. 젊어서 사계 김장생을 스승으로 모셨으며, 학문은 주자朱子를 종주로 삼
  고 의리는 《춘추》를 따랐다.

  효종이 사부로서 학문을 배운 옛 친분이 있다 하여 관계官階를 따르지 않고 특
  별히 등용하여 북벌을 의논하였으나 결행하지 못하였다. 현종顯宗도 총애하여
  벼슬이 우상右相(우의정)에 올랐다. 숙종肅宗 기사년己巳年에는 왕세자를 세우
  는 일을 논한 것과 기해년己亥年에 예禮를 잘못 논한 일로 제주도에 유배되었다.
  〈사사賜死될 때〉 문인 수암遂庵 권상하權尙夏에게 부탁하여 청주淸州의 화양
  동華陽洞에 만동묘萬東廟를 세워 명나라의 신종神宗·의종毅宗을 제사 지내게
  하고, 또 그 옆에 풍천재風泉齋를 세워 대명大明의 은혜를 잊지 않는 의리를 붙
  이게 하였다.

  죽은 뒤에 문정文正이라는 시호를 받았다. 문묘文廟에 종사從祀되었다.

尤庵宋時烈, 恩津人, 睡翁甲祚子. 少師沙溪, 學宗朱子, 義秉《春秋》. 孝宗
有師傅舊契, 不次擢用, 議北伐未果. 顯宗又寵用之, 官至右相. 肅宗己巳, 以
論建儲事, 及己亥論禮之誤, 被謫在濟州. 托其門人權遂庵尙夏, 建萬東廟于
淸州華陽, 以享明神宗毅宗, 又建風泉齋於其傍, 以寓不忘大明之義. 卒, 諡文
正. 從祀文廟.

|역주|

- **尊攘**: 존왕양이尊王攘夷의 줄임말로, 중국의 천자天子를 존중하고 오랑캐를 물리친다는 뜻이다. 여기서는 명나라가 임진왜란壬辰倭亂에 구원병을 파병하여 거의 멸망할 뻔한 조선을 구원하여 도와준 은혜[再造之恩]를 잊지 않고 그 의리를 지키겠다는 뜻으로 사용하여, 존명배청尊明排淸 또는 숭명배청崇明排淸 이론을 말한다.
- **不次擢用**: 관계官階의 차례를 밟지 않고 특별히 발탁하여 관직에 임용하는 것이다.
- **論建儲事**: 1689년에 희빈禧嬪 장씨張氏가 아들(후일의 경종景宗)을 낳자 원자元子의 호칭을 부여하는 문제로 기사환국己巳換局이 일어나 서인西人이 축출되고 남인南人이 재집권하였는데, 이때 송시열이 세자 책봉에 반대하는 소疏를 올린 것을 말한다.
- **己亥論禮**: 1659년 5월 효종이 갑자기 승하한 뒤, 인조의 계비繼妃 조대비趙大妃의 복제服制 문제를 둘러싸고 서인과 남인 사이에 크게 예송논쟁禮訟論爭이 일어났다. 송시열 등 서인은 효종이 적장자嫡長子가 아님을 근거로 기년설朞年說(만 1년상)을 주장하였고, 윤휴尹鑴 등 남인은 삼년설三年說을 주장하였다.

陟州碑 세운후에
海不揚波口傳한다

**〈허목이〉 척주동해비陟州東海碑를 세운 뒤에
바다에 큰 파도가 일지 않았다고 구전한다.**

陟 오를 척   **碑** 비석 비   **揚** 세차게 일어날 양   **波** 물결 파

|원주|

- 미수眉叟 허목許穆은 양천陽川 허씨니, 태어날 때 긴 눈썹이 있었기 때문에 '미수眉叟'라고 호를 지은 것이다. 손바닥에 '문文'자 무늬가 있고, 발바닥에 '정井'자 무늬가 있었다. 한강寒岡 정구鄭逑·여헌旅軒 장현광張顯光이 문하에서 유학游學하였다. 학문이 심오하고 해박하며, 문장이 간략하고 예스러웠다. 고전古篆을 잘 썼는데 필획의 힘이 무르익고 힘찼다.

  기해년己亥年에 나라의 상례喪禮를 논의한 일로 삼척부사三陟府使로 쫓겨났다. 동해에 수환水患이 있었는데, 미수 허목이 〈동해송〉을 지어 비석에 새겨 세우자, 그 환해患害가 마침내 없어졌다고 한다. 숙종 을미년乙未年에 대사헌大司憲에 제수되고, 우의정右議政으로 승진하였다. 〈숙종이〉 명하여 연천漣川에 집을 지어주자 〈허목이〉 '은거실恩居室'이라고 편액을 써서 걸었다.

  죽은 뒤에 문정文正이라는 시호를 받았다.

  眉叟許穆, 陽川人, 生有長眉, 故號眉叟. 有文在手曰文, 在足曰(正)[井]. 游鄭寒岡·張旅軒之門, 學問邃博, 文章簡古, 善古篆, 畫力蒼勁. 己亥論邦禮, 黜爲

관선정에서 들리는
공부를 권하는 노래

三陟府使, 東海嘗有水患, 眉叟作東海頌, 刻碑立之, 其患遂息云. 肅宗乙未, 拜大司憲, 陞右相. 命築室于漣川, 扁曰恩居室. 卒, 諡文正.

|역주|

- (正)[井]: 저본에는 '正'으로 되어 있으나, 허목의 5대손 허뢰許磊의 《기언연보記言年譜》 권1 〈미수허선생연보眉叟許先生年譜〉에 '井'으로 되어 있는 것에 의거하여 바로잡았다.
- 古篆: 한자 자체字體의 한 가지로, 옛날의 전자篆字다. 주周나라 선왕宣王 때의 태사太史 사주史籒가 만든 것을 대전大篆, 진秦나라 시황始皇 때 승상丞相 이사李斯가 개량한 것을 소전小篆이라고 하는데, 학자에 따라 대전大篆만 고전古篆에 해당시키기도 한다.
- 己亥論邦禮: 조대비趙大妃의 복제服制 문제를 논의한 예송논쟁禮訟論爭을 가리킨다. 자세한 내용은 2-41의 역주 '己亥論禮'를 참고하기 바란다.
- 恩居室: '은거당恩居堂'이라고 하기도 한다. 허목은 집이 완성되자 숙종의 성덕聖德을 노래한 〈은거시恩居詩〉를 지었는데, 소개하면 다음과 같다.

이른 새벽부터 늦은 밤까지 두려운 마음으로	夙夜祇懼
하늘에 계신 상제上帝를 대하는 듯이 하고	對越在天
방구석에도 부끄러움이 없게 하여	不愧屋漏
허물이 없기를 바랐네	庶無咎愆
아, 위대한 우리 성군이시여	於皇聖哲
노인 공경을 중시하시니	老老是先
사방이 화락하여	四方熙熙
아, 천년만년 이어지리	於千萬年

磻溪隨錄 星湖僿說
燕巖日記 茶山遺書

유형원柳馨遠의 《반계수록》, 이익李瀷의 《성호사설》,

연암燕巖 박지원朴趾源의 《열하일기熱河日記》,

다산茶山 정약용丁若鏞이 남긴 책

磻	강이름반	溪 시내 계		隨 따를수	錄 기록할록	星	별 성
湖 호수호		僿 자질구레할사	燕 제비 연	巖 바위암		記	기록할기
茶 차 다		遺 남길 유					

2-44

林下碩學 大經綸을
無人採用 可惜하다

**산림에 은거한 석학들의 큰 경륜을 채택하여
시행한 사람이 없으니, 몹시 애석하다.**

林 수풀 림   碩 클 석   經 다스릴 경   綸 다스릴 륜   採 고를 채
惜 아까울 석

|원주|

- 반계磻溪 유형원柳馨遠은 문화文化 유씨다. 개연慨然히 성인聖人과 현인賢人의 뜻을 사모하여 부안扶安의 반계磻溪에 살며 천문天文·지리地理·음양陰陽·율려律呂·병모兵謀·문장文章·의약醫藥·복서卜筮·산수算數를 정밀하게 연구하여 천하 산천의 험이險夷와 통색通塞에 이르기까지 두루 다하지 않음이 없었다. 저서에 ≪리기총론≫, ≪경설문답≫ 및 ≪반계수록≫이 있으니, 우리나라의 직제職制와 지방행정조례를 개혁해야 한다고 논하였다.

- 성호星湖 이익李瀷은 여주驪州 이씨니, 어려서부터 여러 가지 책을 폭넓게 보았다. 둘째 형 이잠李潛이 세간世間의 재앙에 걸려 옥사獄死하자, 마침내 과거시험 공부를 버리고 실학實學에 전념하였다. 저서에 ⟨치수변⟩·⟨홍범설⟩·⟨공거제⟩·⟨학제⟩·⟨병제⟩ 등의 설이 있으니, 모두 ≪성호집≫과 ≪성호사설≫에 있다.

- 연암燕巖 박지원朴趾源은 반남潘南 박씨니, 학문이 넓고 문장을 잘하였다, 일찍이 연경燕京에 갔다 와서 ≪열하일기≫를 저술하였는데, 중국 문물의 훌륭함과 우리나라 견문의 보잘것없음을 논하면서 상공제도商工制度를 개혁해야 함

을 언급하였다. 깨우쳐 반성하게 하는 말이 많지만 끝내 등용되지 못하였다.
* 다산茶山 정약용丁若鏞은 나주羅州 정씨다. 두루 능통한 재주와 뛰어난 학식을 갖고 있고 경세제민經世濟民에 관한 뛰어난 지략智略을 품고 있으며, 모든 명물 도수名物度數와 백가의 기예技藝를 정밀하게 연구하지 않은 것이 없었다.

　정조조正朝朝에 과거시험에 급제하여 초계문신抄啓文臣이 되었다. 순조純祖 정축년丁丑年에 형 정약종丁若鍾의 옥사獄事에 연좌되어 20년 동안 귀양살이를 하였다. 그 기간에 오로지 경학經學에 마음을 쏟았다. 저술로는 ≪주역 사전≫·≪매씨서평≫·≪시경강의≫가 있으니 모두 앞 세대의 사람이 밝히지 못한 것을 드러내 밝혔고, 정치의 체례[治體]를 개혁해야 함을 논한 것으로는 ≪경세유표≫가 있고, 또 ≪목민심서≫·≪흠흠신서≫가 있으니 모두 체험하여 실제 본 것에서 나와 충분히 세상에 쓰일 만한 것이다. 참으로 조선조 500년 동안 처음 있는 통유通儒(고금의 학문에 통달하여 학식이 깊고 넓은 학자)다.

磻溪柳馨遠, 文化人, 慨然慕聖賢之志, 居扶安磻溪, 精於天文·地理·陰陽·律呂·兵謀·文章·醫藥·卜筮·算數, 以至天下山川險夷通塞, 無不周悉. 著有≪理氣總論≫, ≪經說問答≫, 及≪磻溪隨錄≫, 論我國職制與地方行政條例之當革.
星湖李瀷, 驪州人, 自幼博覽群書, 仲兄潛, 罹世禍, 遂棄擧業, 專心實學, 著有〈治水辨〉·〈洪範說〉·〈貢擧制〉·〈學制〉·〈兵制〉等說, 俱在≪星湖集≫, 及≪星湖僿說≫.
燕巖朴趾源, 潘南人, 博學能文. 嘗入燕, 著≪熱河日記≫, 論中國文物之盛, 我國聞見之陋, 以及於改革商工制度, 多警省語, 而竟不見用.
茶山丁若鏞, 羅州人, 有通才絶識, 抱經濟大略, 凡名物度數, 百家技藝, 靡不精究. 正祖朝登第, 爲抄啓文臣, 純祖丁丑, 坐兄若鍾獄, 在謫二十年, 專心經學, 有≪周易四箋≫·≪梅氏書平≫·≪詩經講義≫, 皆發前人所未發, 論改革治體, 有≪經世遺表≫, 又有≪牧民心書≫·≪欽欽新書≫, 皆出於體驗實見, 足爲需世之用, 眞五百年來, 初有之通儒也.

|역주|
* 經濟: 경세제민經世濟民의 줄임말로, 세상을 다스리고 백성을 구제한다는 말이다.
* 名物度數: 명물名物은 사물의 이름과 성질·형체 등의 특징을 가리키고, 도수度數는 도度를 단위로 계산하여 얻은 수치를 이른다.

관선정에서 들리는
공부를 권하는 노래

五百年 右文治化
群賢이 輩出하니

조선조 오백 년 동안
학문을 높이고 〈어진 정치로 백성을〉 다스려 교화하여
여러 현인이 무리 지어 나오니,

群 무리 군   賢 뛰어날 현   輩 무리 배

禮義東方朝鮮國이
世界에 빛나더니

예의를 아는 동방의 조선국이
세계에 빛났는데,

禮 예도禮度 예 **義** 의로울 의 **東** 동녘 동 **方** 방위 방 **鮮** 선명할 선
界 지경 계

|원주|

• 조선은 건국 초기부터 문사文辭를 익히고 학문을 권장하여 뛰어난 사람이 무리 지어 나와 훌륭한 유학자·어진 재상·절개와 의리를 지킨 사람·학술에 뛰어난 사람·문학에 뛰어난 사람·예술에 뛰어난 사람으로서 국내외에 이름을 알린 사람이 손가락으로 꼽을 수 없을 정도며, 예의禮義로 국외에 더욱 알려졌다.

朝鮮自國初, 修文獎學, 賢材輩出, 儒賢·良相·節義·學術·文學·藝術之闡名內外者, 指不勝僂, 尤以禮儀聞於國外.

終南山 喬木나무
나이늙어 속이 썩네

종남산 큰나무
수령樹齡이 오래되어 속이 썩네.

終 마칠종   喬 높을교

|역주|
- 이 구절은 조선의 국운國運이 기울어가는 상황을 묘사한 말이다.
- 終南山: 주周나라 도성 호경鎬京의 남쪽에 있는 산인데, 후세에 모든 도성의 남산을 종남산이라고 한다. 따라서 서울의 남산을 가리킨다.

黨議 나자 公論 업고
詞章之弊 文具되야

당쟁黨爭이 일어나자 공론은 없어지고
사장학詞章學의 폐단인 형식에만 치중하여

黨 무리 당 **議** 의론할 의 **公** 공적일 공 **詞** 말씀 사 **章** 글 장
弊 나쁠 폐 **具** 갖출 구

|원주|

● 선조 을해년乙亥年에 동인東人과 서인西人으로 당의黨議가 갈렸다. 심의겸沈義謙
 은 국구國舅 심강沈鋼의 아들이고 김효원金孝元은 남명南冥 조식曹植의 문인인데,
 당초 작은 혐의 때문에 서로 화합하지 않아 점차 당파가 갈라지는 데 이르렀다.
　심의겸은 소의문昭義門 밖에 사니 곧 서촌西村이고, 김효원은 타락봉馳駱峯
 (지금의 낙산) 아래에 사니 곧 동촌東村이기 때문에, 심의겸을 높이는 자를 서
 인西人이라 하고, 김효원을 높이는 자를 동인東人이라 한다.
　후에 동인은 남인南人과 북인北人으로 갈라지고, 남인에는 청남淸南과 탁남
 濁南이 있으며, 북인에는 대북大北과 소북小北이 있다. 서인은 청서淸西와 공서
 功西로 갈라지고, 〈공서는〉 또 노서老西와 소서少西로 갈라진다.
　서인과 남인은 기해예송己亥禮訟에 이르러 더욱 서로 갈라져 다투었다. 노론
 老論과 소론少論은 우암 송시열이 김익훈金益勳을 구호한 데에서 시작하여 사
 성司成 조지겸趙持謙·집의執義 한태동韓泰東이 송시열과 대립각을 세웠다. 송
 시열을 높이는 자를 노론이라 하고 조지겸·한태동을 높이는 자를 소론이라

한다. 계속해서 우암 송시열이 태조의 위화도회군을 존주대의尊周大義라고 하며 휘호徽號를 올릴 것을 청하자, 현석玄石 박세채朴世采가 이를 논박하였고 명재明齋 윤증尹拯이 또 자기 아버지 미촌美村 윤선거尹宣擧의 묘갈명墓碣銘에 관한 일 때문에 자기 스승 송시열과 등졌다. 이로부터 노론과 소론이 원수지간으로 바뀌어 국가의 고치기 어려운 큰 폐단이 되었다.

宣祖乙亥, 有東西黨議. 沈義謙, 國舅鋼之子, 金孝元, 南冥門人, 始以小嫌, 不相協, 漸至分黨. 沈居昭義門外, 卽西村, 金居馳駱峯下, 卽東村, 右沈者, 爲西人, 右金者, 爲東人. 後東人, 分爲南人·北人, 而南有淸南·濁南, 北有大北·小北, 西人, 分爲淸西·功西, 又分老西·少西. 西人南人, 至己亥禮訟, 而益相分爭, 老論少論, 始於宋尤庵之救護金益勳, 趙司成持謙, 韓執義泰東, 與宋角立. 右宋者爲老, 右趙韓者爲少, 繼而尤庵, 以太祖威化回軍, 爲尊周大義, 請上徽號, 朴玄石世采駁之, 尹明齋拯, 又以其父美村碣銘事, 倍其師. 自是老少轉成讐怨, 爲國家一大弊瘼.

|역주|

- **黨議:** 당파黨派에서 주장하는 의론이나 결의를 말한다.
- **詞章學:** 시가詩歌와 문장文章을 함께 이르는 말이다. 성리학性理學 또는 사림파士林派의 상대적인 명칭으로 쓰이기도 하였다. 여기서는 근본인 성리학은 익히지 않고 지엽인 과거시험科擧試驗 공부만 익힘을 말한다.
  과거시험 문체文體에 시부詩賦, 중국 임금에게 보내는 외교문서인 표문表文, 나라에 길흉이 있을 때 임금에게 바치는 글인 전문箋文 등이 있는데, 표문과 전문은 모두 대구對句, 전고典故, 평측平仄과 압운押韻 등을 사용한 매우 화려한 문체인 사륙변려문四六騈儷文으로 쓴다.
- **小嫌:** 1572년 당시 이조정랑吏曹正郎 오건吳健과 홍문관직제학弘文館直提學 김계휘金繼輝가 김효원을 이조정랑에 추천하였으나, 명종대 권신權臣 윤원형尹元衡의 문객으로 있던 것을 좋지 않게 여겨 심의겸이 반대하였다. 김효원은 2년 뒤에 이조정랑이 되다 그 이듬해에 심의겸의 아우 심충겸沈忠謙이 김효원의 후임으로 추천되었는데, 이번에는 김효원이 전랑銓郎의 직분이 척신戚臣의 사유물이 될 수 없다고 반대함으로써 두 사람의 대립이 시작되었으며, 결국

당쟁黨爭의 시초가 되었다. 이조정랑은 이조吏曹의 정5품 관직으로 직급은 비록 낮지만 사헌부司憲府·사간원司諫院·홍문관弘文館 삼사의 관리를 임명하고 자신의 후임을 추천할 수 있는 청요직淸要職이다.

- 南人北人: 동인 출신 정여립鄭汝立 모반사건 당시 서인에 의해 축출되는 과정에서 많은 사람, 대체로 조식의 제자들이 멸문지화를 당하였다. 이후 서인의 영수 정철鄭澈의 건저建儲사건(광해군을 왕세자로 세우자고 주청한 사건)이 일어나 정철은 선조의 미움을 받아 유배되고, 동인이 다시 복귀하게 된다. 이때 정철의 처벌에 강건한 입장을 편 사람을 북인(대체로 조식 계열), 온건한 입장을 편 사람을 남인(대체로 이황 계열)이라고 한다.

- 淸南濁南: 현종 12년(1674) 효종의 왕비 인선왕후仁宣王后의 장례에 인조의 왕비 조대비趙大妃의 복제服制 문제를 논의한 2차 예송논쟁禮訟論爭에서, 서인은 대공복大功服(9개월), 남인은 기년복朞年服(만 1년)을 주장하였는데 남인의 주장이 받아들여졌다. 이때 서인 송시열의 처벌을 두고 극형을 주장한 사람을 청남, 이를 반대한 사람을 탁남이라고 한다.

- 大北小北: 선조가 광해군光海君을 세자에서 폐위하고 인목왕후仁穆王后 소생의 영창대군永昌大君을 세자로 책봉하려고 하였다. 이때 광해군을 지지한 사람을 대북大北, 영창대군을 지지한 사람을 소북小北이라고 한다.

- 淸西功西: 인조반정仁祖反正에 소극적 태도를 취한 김상헌金尙憲 일파를 청서淸西, 적극 가담한 일파를 공서功西라고 한다.

- 老西少西: 인조반정 뒤 공서파功西派 중 김류金瑬가 북인 남이공南以恭을 대사헌으로 추대하자, 소장파에서 이를 반대하였다. 김류를 중심으로 한 노장파를 노서老西, 이를 반대한 소장파를 소서少西라고 한다.

- 老論少論: 숙종 6년(1674) 남인南人이 축출되고 서인西人이 정권을 잡은 경신환국庚申換局 이후 남인의 처벌을 놓고 강건파와 온건파로 나뉘면서 발생하였다. 강건파는 주로 노장층이었으므로 노론老論, 온건파는 주로 소장층이었으므로 소론少論이라고 한다.

- 己亥禮訟: 조대비趙大妃의 복제服制 문제를 논의한 예송논쟁禮訟論爭을 가리킨다. 자세한 내용은 2-41의 역주 '己亥論禮'를 참고하기 바란다.

- 其父美村碣銘事: 윤증은 아버지 윤선거가 죽자 스승 송시열에게 묘갈명墓碣銘을 부탁하였는데, 송시열이 윤선거가 병자호란 때 강화도에서 죽지 않은 일을 비난하며 묘갈명을 무성의하게 지어 보내 사제지간인 두 사람이 적대관계

로 바뀐 사건을 말한다.

본래 윤선거와 송시열은 김장생 문하에서 동문수학한 친구다. 역시 친구 윤휴尹鑴와 송시열이 예송논쟁으로 불화를 빚자 윤선거가 화해시키려다가 송시열의 불만을 샀다. 또 윤선거는 윤휴의 ≪독서기讀書記≫를 높이 평가하였으나 송시열은 이를 사문난적斯文亂賊으로 비판하여, 윤휴의 학문을 두고 둘 사이에 논쟁을 하였다. 이 때문에 송시열이 윤선거 묘갈명에 비판적인 내용을 쓴 것이다. 이와 관련하여 윤증은 1681년에 송시열에게 비난하는 편지를 보내려다가 마는데, 여기에는 송시열이 '의리와 이익을 함께 추구하고 왕도王道와 패도覇道를 함께 사용한다.[義利雙行 王霸并用]'는 내용이 있었다. 이를 '신유의서辛酉擬書'라고 한다. 이것이 세상에 알려지면서 이른바 '회니시비懷尼是非'가 일어나 약 30여 년간 논란이 되었다. 이 회니시비가 사제간의 사적인 분쟁에서 정치적인 분쟁으로 비화하면서 서인이 노론과 소론으로 갈라지는 결정적 요인이 되었다.

科業上에 賢良이오
地閥中에 公輔로다

과거시험을 거쳐야만 현량이 되고,
지체와 문벌이 있어야만 재상宰相이 되는 세상이로다.

科 과거시험 과　業 일 업　賢 어질 현　良 어질 량　地 지위 지
閥 가문 벌　公 벼슬 공　輔 재상 보

|원주|

- 사람을 따지지 않고 과거시험만 잘 치르면 그를 관직에 임명하였다.
- 사람의 재능을 가려내지 않고 오로지 문벌을 높여 공경公卿의 아들이면 세습
  하여 공경이 되니, 그 사람이 과연 모두 현명하겠는가.

　不問其人, 而但工於科擧文字, 則使之居官任職.
　不擇其材, 而專尙門閥, 公卿之子, 則襲爲公卿, 其人果皆賢乎哉.

|역주|

- 이 구절은 조선이 기울어가는 원인을 밝힌 것이다. 과거시험으로만 관리를 뽑
  으면 문사文詞 이외의 재능을 구별할 수 없으며, 경학經學이 밝고 덕행德行이
  높은 사람이 묻혀버릴 수 있다. 재상은 지체와 문벌이 있어야만 할 수 있다는

것은 인사행정제도가 무너지고 붕당朋黨이 성행하였음을 말한 것이다.

- **公輔**: 천자를 보좌하는 삼공三公과 전의前疑, 후승後丞, 좌보左輔, 우필右弼 사보四輔를 이른다. 삼공은 왕조마다 명칭이 다른데 주周나라 때에는 태사太師, 태부太傅, 태보太保라고 하였다. 전의되어 이품二品 이상의 재상宰相을 이른다.

〈 함경도 지방의 과거 시험 〉, 국립중앙박물관

登用人材 如許하니
國家元氣 衰해졌다

인재를 등용함이 이와 같으니,
국가의 원기가 쇠약해졌다.

登 선발할 등   用 쓸 용   材 재목 재   如 같을 여   許 이와같을 허
元 으뜸 원   衰 쇠미할 쇠

|원주|

• 성호 이익이 말하였다. "백세 동안 훌륭한 다스림이 없었던 것은 세 가지 재앙
에서 연유한다. 임금을 높이고 신하를 누르는 것은 영정嬴政(진 시황秦始皇의
성명이다.)에게서 시작하였는데 한漢나라가 혁파하지 못하였고, 인재를 등용
하면서 문벌을 높인 것은 조위曹魏(조조曹操의 위나라)로부터 시작하였는데 진
晉나라가 혁파하지 못하였고, 문사文詞로 과거시험을 본 것은 양광楊廣(수 양
제隋煬帝의 성명이다.)에게서 시작하였는데 당唐나라가 혁파하지 못하였다. 세
가지 병폐를 제거하지 않으면 다스림을 논할 수 없고, 세 가지 중에 과거시험
의 폐해가 더욱 크다."

星湖曰: "百世無善治, 由於三蘖. 尊君抑臣, 自嬴政始, 而漢不能革; 用人尙
閥, 自曹魏始, 而晉不能革; 文詞科(式)[試], 自楊廣始, 而唐不能革. 三患不去,
不足言治, 而三者之中, 科擧尤害."

|역주|

- (式)[試]: 저본에는 ‘式’으로 되어 있으나, ≪성호선생전집星湖先生全集 부록附錄≫ 권1 〈묘갈명墓碣銘〉에 의거하여 ‘試’로 바로잡았다.
- 성호 이익은 매년 군郡의 태수가 중앙정부에 효렴孝廉 약간 명을 천거하게 하고 중앙정부에서 시험을 치러 우수한 자를 뽑아 관리로 임명한 효렴과孝廉科와 조광조趙光祖가 건의하여 실시한 학문과 덕행이 뛰어난 인재를 천거하게 하여 대책對策으로 시험을 보아 인재를 선발한 현량과賢良科를 차선으로 제시하였다.

紛紛한 邪誕敎는
正路가 榛塞이오

어지러이 일어나는 사악하고 거짓된 가르침은
바른길이 황폐해지고 막히게 하였으며,

紛 어지러울 분   邪 부정할 사   誕 거짓 탄   路 길 로   榛 황폐할 진
塞 막힐 색

|원주|

● 정자가 '도道가 밝지 못한 뒤로 사악하고 거짓되며 요사스럽고 허망한 말이 다
투어 일어나 백성의 눈과 귀를 막고 천하를 더럽고 혼탁한 데에 빠뜨리니, 이
것은 모두 바른길이 잡초로 우거지고 성인聖人의 도道로 들어가는 문이 막힌
것이다.'라고 한 것은 바로 이러한 때를 이른다.

程子云 '自道之不明也, 邪誕妖妄之說, 競起, 塗生民之耳目, 溺天下於汚濁, 此
皆正路之榛蕪, 聖門之蔽塞'者, 正謂此時.

滔滔한 功利說은
世局이 桑瀾이라

**끊임없이 일어나는 공리설은
세상의 판국이 크게 변하게 하였다.**

滔 넘실댈 도   利 이로울 리   說 말씀 설   局 판국   桑 뽕나무 상
瀾 물결 란

|원주|
- 이른바 개화다 경장이다 하는 것도 공명功名과 이록利祿만을 숭상하여, 풍속이 날로 무너지고 세도世道가 완전히 달라졌으니, 뽕나무밭이 푸른 바다가 된 상황이다.

  所謂開化更長, 亦惟功利是尚, 而風俗日敗, 世道一變, 便是桑田碧海之狀.

|역주|
- 功利說: 공명功名과 이록利祿을 추구하는 주장이다.
- 桑瀾: 상전벽해桑田碧海와 같은 말이다. 세상이 몰라볼 정도로 변함을 비유한다.

海寇乘虛闖入하야
乙巳脅約 敢行한다

**바다 건너온 도적이 빈틈을 타고 들어와
을사년乙巳年에 늑약을 감행하였다.**

海 바다 해　　寇 도적구　　乘 탈승　　虛 빌허　　闖 엿볼틈
脅 협박할협　　約 조약약

|원주|

* 고종 갑오년甲午年에 일본이 군대를 보내 경성京城을 점거하고 청淸나라에 조선의 독립을 허가해 달라고 요청하면서, 또 "조선은 자주력이 매우 적으니, 일본이 대신 조선의 내정內政을 도와 보좌하고 수호하는 것이 좋겠다."라고 하였다.
  을미년乙未年에 일본의 전권대신全權大臣 이등박문伊藤博文과 청나라 북양대신北洋大臣 이홍장李鴻章이 마관馬關(시모노세키)에 모여 조약을 체결하여 조선이 자주권을 가진 제국帝國임을 확인하였으나, 그 정권은 실제 일인日人에게 협박을 당한 것이다. 8월 20일에 곤궁坤宮의 변고가 있었다. 을사년 겨울에 이르러 일본의 공사公使 임권조林權助와 학부대신學部大臣 이완용李完用·내부대신內部大臣 이지용李址鎔 등이 한일신협약韓日新協約 5條를 체결하였으니, 바로 한국의 외교권 이양移讓 및 통감부統監府 설치 등의 일이다.

  高宗甲午, 日本遣兵入據京城, 請淸國許朝鮮獨立, 而且曰: "朝鮮自主之力, 太

薄, 日本可代助內政, 以輔護云." 乙未, 日本全權大臣伊藤博文, 與淸北洋大臣
李鴻章, 會馬關, 定條約, 確認朝鮮自主爲帝國, 而其政權, 實爲日人所脅制.
八月二十日, 有坤宮之變. 至乙巳冬, 日本公使林權助, 與學部大臣李完用·內部
大臣李址鎔等, 結韓日新協約五條, 卽韓國外交權讓與及統監府設置等事.

|역주|

- **坤宮之變**: 곤궁坤宮은 황후皇后 또는 그 처소를 일컫는 말이다. 명성황후明成
  皇后를 시해하고 시신을 불태운 을미사변乙未事變을 가리킨다.

〈 경복궁 내 건청궁乾淸宮의
옥호루玉壺樓 〉
국립민속박물관

丁未六月 海牙會議
義士噴血鳴冤하고

정미년 6월에 헤이그[海牙]에서 열린 만국평화회의에서
의사 이준李儁이 피를 뿌리며 억울함을 외쳤고,

牙 어금니 아　　議 의논할 의　　噴 토할 분　　血 피 혈　　鳴 말할 명
冤 원통할 원

|원주|

● 정미년丁未年 6월에 고종이 전 의정부참찬議政府參贊 이상설李相卨·전 평리원
검사評理院檢事 이준李儁 등을 파견하여 네덜란드[和蘭國] 헤이그[海牙]에서 열
린 만국평화회의에 갔으나, 〈주최측이〉 물리치며 참석을 허락하지 않았다. 이
준은 충의忠義의 분한 마음을 이기지 못하여 칼로 자신의 배를 갈라 뿜어져
나오는 그 피를 만국萬國 공사公使의 앞에 뿌려 우리 대한제국이 강한 이웃 나
라에게 압제 당하는 정상情狀을 폭로하였다. 이에 천하 사람이 모두 의롭게
여기면서 장하게 생각하였다.

丁未六月, 高宗遣前議政府參贊李相卨·前評理院檢事李儁等, 赴和蘭國海牙
府萬國平和會議, 而擯不許參, 儁不勝忠憤, 引刀自剖腹, 卽噴其血, 灑萬國公
使前, 以白我韓爲强隣脅制狀. 於是, 天下皆義而壯之.

관선정에서 들리는
공부를 권하는 노래

- 和蘭國海牙: 화란和蘭과 해아海牙는 각각 네덜란드와 헤이그의 음역어音譯語다.
- 擯不許參: 1907년 6월에 네덜란드 헤이그에서 제2회 만국평화회의가 열렸다. 이 회의를 발의한 러시아 황제 니콜라이 2세가 고종에게 초청장을 보내자, 고종은 이상설·이준·이위종李瑋鍾을 은밀히 파견하여 을사늑약이 일본의 강압으로 체결된 것으로 무효임을 공표하고, 한국독립에 관해 열국의 지원을 요청하도록 하였다. 세계평화회의 의장에게 고종의 친서와 신임장을 전하고 회의장에 한국대표로 참석하기 위해 활동하였으나, 일본대표와 영국대표의 방해로 실패하였다.
- 儁不勝忠憤……灑萬國公使前: 이준의 사인死因으로 자결설自決說·병사설病死說·분사설憤死說이 있으나, 1956년 국사편찬위원회의 조사결과 당시 대한매일신보 주필 양기탁이 신채호·베델과 협의하여 이준의 분사憤死를 민족적 긍지로 삼아 만방에 선양할 목적으로 할복자살한 것으로 만들어 신문에 쓰게 하였다는 증언 등을 토대로 이준의 죽음을 분사로 정리하였다.(이명화, 〈헤이그 특사가 국외 독립운동에 미친 영향〉≪한국독립운동사연구≫ 제29집, 2007)

왼쪽부터 이준, 이상설, 이위종

哈爾濱驛 霹靂聲은
元兇伊藤 除去했다

하얼빈[哈爾濱]역에 울려 퍼진 벼락소리는
침략의 원흉元兇 이등박문을 제거하였다.

哈	물고기 많은 모양 합	爾	너 이	濱	물가 빈	驛	정거장 역
霹	벼락 벽	靂	벼락 력	聲	소리 성	兇	흉학할 흉
伊	저 이	藤	등나무 등	除	없앨 제	去	죽일 거

|원주|

● 순종 기유년己酉年에 안중근 공은 이등박문이 만주를 유람한다는 소리를 듣고 동지 김두성金斗星·우덕순禹德淳 등과 만주 하얼빈역 정거장에 가서 그에게 권총을 쏘니, 〈이등박문이〉 즉사하였다. 안중근은 진사進士 안태훈安泰勳의 아들이니, 호방하고 기개가 있으며 큰 절개가 있었다. 이로부터 명성이 천하에 알려졌다.

純宗己酉, 安公重根, 聞伊藤博文遊覽滿洲, 與同志金斗星·禹德淳等, 進至於哈爾濱停車場, 以拳銃射之, 卽斃, 重根進士泰勳之子, 倜儻有大節, 自是名聞於天下.

|역주|

● 金斗星: 누구인지 정확하지 않다. 의병장 유인석柳麟錫이라는 설, 고종황제의 비밀첩보조직 명칭이라는 설, 고종황제 자신이라는 설이 있다.

그러나 賊臣賣國
庚戌國恥 痛憤하다

그러나 간신배가 나라를 팔아먹었으니,
경술국치가 비통하고 분노가 치민다.

賊 도둑 적 賣 팔 매 恥 부끄러울 치 痛 가슴아플 통 憤 분노할 분

|원주|

• 경술년庚戌年 8월 20일, 이완용·윤덕영·민병석·김윤식 등이 일본의 통감統
監 사내정의寺內正毅와 합방조약을 조인하였다. 황제를 강등하여 '창덕궁昌德
宮 이왕李王'이라 하고, 태상황을 '덕수궁德壽宮 이태왕李太王'이라 일컬었으며,
한국韓國을 고쳐 '조선'이라 하고, 통감부를 고쳐 '조선총독부'라고 하였다.

庚戌八月二十日, 李完用·尹悳榮·閔丙奭·金允植等, 與日本統監寺內正毅, 調
印合邦條約, 降帝爲昌德宮李王, 太上皇, 稱德壽宮李太王, 改韓爲朝鮮, 改統
監府, 稱朝鮮總督府.

|역주|

• 庚戌八月二十日: 〈한병주약〉 저무수▼을 부면 주일은 8월 22인에 이루어졌다.
경술국치는 이 조약을 공포한 경술년(1910) 8월 29일을 일컫는다.

三十六年 敵治中에
우리民族 哀憐하다

36년 원수가 〈우리나라를〉 다스리는 동안
우리 민족이 가엾고 불쌍하였다.

敵 원수 적   族 겨레 족   哀 가여울 애   憐 불쌍할 린

|원주|

- 경술년(1910)부터 을유년(1945)까지 모두 36년이다.

  自庚戌至乙酉, 凡三十六年.

관선정에서 들리는
공부를 권하는 노래

姓名이 제姓名가
言語가 내 말인가

성과 이름이 우리의 성과 이름인가.
말과 글이 우리의 말인가.

姓 성씨 성   名 이름 명   言 글 언   語 말 어

|원주|

- 우리나라 사람의 성과 이름을 고쳐 일인日人과 구별할 수 없게 만들었으니, 이 것을 창씨개명創氏改名이라고 한다.
- 관청에서부터 학교까지 조선어를 사용하지 못하였다.

  改我人姓名, 使無別於日人, 謂之創氏.
  自官廳及學校, 不得用朝鮮語.

|역주|

- 創氏: 창씨개명創氏改名의 줄임말이다.

自手로 勤農해도
粒穀朵棉 못얻는다

자기 손으로 부지런히 농사를 지어도
곡식과 면화 한 송이를 못 얻는다.

手 손수   勤 부지런할 근   農 농사지을 농   粒 낟알 립   穀 곡식 곡
朵 꽃송이 타   棉 목화 면

|원주|
- 농부가 한 해를 마치도록 부지런히 고생해도 가을에 거둬들인 뒤에는 전체를 관부로 실어가 감히 곡식 낟알 하나, 면화 한 송이를 감출 수 없고, 간혹 그 정해진 숫자를 채우지 못하면 그때마다 매몰차게 태형을 가하니, 그 고통을 견디지 못하고 처자식은 울부짖어 차마 볼 수 없을 정도며, 심지어 스스로 목숨을 끊은 경우도 있었다.

農人卒歲勤苦, 而及秋所收, 沒數輸官, 不敢藏一粒穀, 一朵棉, 而或未充其數, 輒猛加刑箠, 不堪其苦, 妻啼兒號, 而不忍見, 至有自盡者.

2-60

鳥獸皮 草木根도
男負女戴 供出하고

새와 짐승의 가죽, 풀뿌리·나무뿌리도
남자는 등에 지고 여자는 머리에 이고서
강제로 내게 하였으며,

鳥 새 조   獸 들짐승 수   皮 가죽 피   草 풀 초   根 뿌리 근
負 등에질 부   戴 머리에 일 대   供 바칠 공   出 낼 출

|원주|

• 개가죽·돼지가죽, 심지어 나무뿌리·채소잎까지 강제로 내게 하지 않은 것이 없어, 등에 진 사람과 머리에 인 사람이 길에서 지치니, 그 정상情狀이 매우 참혹하였다.

狗皮豚皮, 甚至木根菜葉, 無不供出, 負者戴者, 疲於道路, 其狀甚慘.

村村이 漏屋中에
날로 무는 無名雜稅

마을마다 비가 새는 집에
날로 물리는 명목 없는 잡세에,

村 마을 촌   漏 샐 루   屋 집 옥   雜 뒤섞일 잡   稅 세금 세

|원주|

- 해마다 볏짚으로 집집마다 가마니를 짜게 하여 지붕에 비가 새는데도 지붕을 이을 방법이 없고, 잡세를 더 내게 하여 거의 비는 날(세금을 내지 않은 날)이 없었다.

  每年藁草, 令逐戶織(叺)[叺], 屋漏而無以葺, 雜稅增出, 殆無虛日.

|역주|

- (叺)[叺]: 저본에는 '叺'로 되어 있으나, 문맥상 '叺'으로 바로잡았다.

2-62

哀此孤兒寡婦에게
國債券이 奚當한가

**불쌍한 이 고아와 과부에게
국채권이 어찌 가당키나 한가.**

哀 불쌍할 애	此 이것 차	孤 부모 없을 고	兒 아이 아	寡 홀어미 과
婦 아녀자 부	債 빚 채	券 문서 권	奚 어찌 해	當 마땅할 당

|원주|

● 이른바 국채권은 부유한 사람은 괜찮지만 가난한 집까지 두루 미치니, 이른바 '천황은 지존하다.'라고 하는데 지극히 가난한 고아와 과부에게 1원·2원을 빌리는 꼴이다. 그러고도 나라라고 할 수 있는가.

所謂國債券, 可矣富人, 而乃遍及貧戶, 以所謂天皇之至尊, 而及借丐一圓·二圓於孤寡之至貧者, 然而可爲國乎.

大學中學卒業生을
몰아가서 南洋寃魂

대학교와 중학교 졸업생을
몰아 남태평양의 원혼으로 만드니,

卒 마칠졸　　業 일업　　洋 바다양　　寃 원통할원　　魂 넋혼

|원주|

- 나라 사람으로서 중등 및 대학에 취학한 사람은 모두 강압적으로 징발하여 군
  정軍丁으로 삼아 몰고 가서 남태평양 바다를 가득 메우니, 애석한 마음 금할 길
  이 없도다. 충남도청 앞에 어떤 한 부인이 땅에 엎드려 피를 토하길래 그 이유
  를 물었더니, "사대부가의 종부宗婦로서 일찍 과부가 되어 유복자遺腹子를 하
  나 두었습니다. 이 아이가 소학교에 들어가고 중학교를 거쳐 대학교에 입학하
  였는데, 집이 가난해 학비가 없어서 심지어 종실의 땅까지 팔았습니다. 며칠 전
  겨우 졸업을 하였는데, 곧바로 소집에 응하여 군인이 되어 방금 전송하고 돌아
  왔습니다."라고 하였다. 아아! 어미가 자식을 전송하였지만 자식이 죽을지 살지
  알 수 없고, 10년 공든 탑이 하루아침에 무너져버렸으니, 그 사정이 어떠한가.

  國人之就學于中等及大學者, 皆强迫徵發爲軍丁, 驅而眞之南洋之海, 可勝惜哉. 忠南
  道廳前, 有一婦人伏地嘔血, 問之, 則曰: "以士夫家宗婦, 早寡而有一子遺服, 入小學
  歷中學, 至大學, 家貧無學費, 至賣其宗土, 日昨僅得卒業, 而卽應召爲軍, 方今發送而
  歸云." 嗟乎! 以是母而送是子; 其死其生, 未可知, 而十年功塔, 一朝崩壞, 其悄狀可如.

관선정에서 들리는
공부를 권하는 노래

報國隊가 무엇인지
獨子라도 가서 죽고

보국대가 무엇인지
독자라도 가서 죽고,

報 갚을 보   隊 군대 대   獨 홀로 독

|원주|

- 사농공상을 따지지 않고 50세부터 15세까지 날마다 징발하였는데, 이를 보국대報國隊라고 한다. 네다섯 명의 형제가 함께 끌려가기도 하고, 아무리 독자라도 피하지 못하니, 시골 마을이 어수선하여 호소와 원한이 하늘에 사무쳤다.

  無論士農工商, 自五十至十五, 逐日徵發, 謂之報國隊, 或四五兄弟并去, 而雖獨子, 亦不免, 鄕邑騷然, 號怨徹天.

|역주|

- 報國隊: 중일전쟁 이후 일제日帝가 우리나라 사람의 노동력을 수탈하기 위해 중노동에 강제로 동원하고자 만든 노역 조직이다. 주로 도로·철도·비행장·신사神社 등을 건설하는 데 동원되고, 일부는 군사시설에 파견되었다. 계층별로 직장보국대·학도보국대·재소자로 구성된 남방파견보국대·농민보국대 등이 있었다.

無知한 幼稚들을
學校마다 모와다가

철없는 어린아이들을
학교마다 모아다가

無 없을무 知 알지 幼 어릴유 稚 어릴치 學 배울학
校 학교교

관선정에서 들리는
공부를 권하는 노래

2-66

語學인지 體育인지
狐魅豚犬 다되였다

어학인지 체육인지 〈가르친답시고〉
도깨비와 개돼지가 다 되었다.

語 말어　　體 몸체　　育 기를육　　狐 여우호　　魅 도깨비매
豚 돼지돈　犬 개견

|원주|

● 가르치는 것은 오직 일어日語와 체육뿐이니, 아무리 영재가 있다 하더라도 〈학
교에〉 진학하면 아둔하고 고집만 세진다. 어른과 아이의 차례가 없고, 남자와
여자의 구별이 없으니, 이것이 짐승이 아니고 무엇인가.

所敎者, 惟日語體育而已, 雖有英才, 而進化爲蠢頑. 長幼無序, 男女無別, 此非
獸畜而何.

穢惡이 貫盈하니
皇天이 無心할가

더럽고 흉악한 것이 가득 찼으니,
황천이 관심이 없겠는가.

穢 더러울 예   惡 악할 악   貫 꿸 관   盈 가득찰 영   皇 클 황

列強國에 宿虎衝鼻
아니ᄃ코 어이할고

**열강의 나라를 도발하여 잠자는 범의 코를 찔렀으니,
안 망하고 어찌하겠는가.**

列 벌릴 렬　　强 강할 강　　宿 잘 숙　　虎 범 호　　衝 찌를 충
鼻 코 비

|원주|

• 큰 중국을 병탄하고자 하였으나 이어진 군영이 만리나 되니 이미 실책한 것
이고, 또 신파新坡를 습격하여 함락시켰으니 스스로 그 재앙을 연 것이며, 영
국·미국에게 대항하였으니 이것은 교만한 군대다. 군대가 교만하면 반드시 패
망하는 법이니, 전쟁을 좋아하는 자가 반드시 망하는 것은 이치상 당연한 일
이다.

欲呑中國之大, 而連營萬里, 已爲失策, 而且襲陷新坡, 自啓其釁, 與英美抗
衝, 此驕兵也. 兵驕則必敗, 好戰者必亡, 理所固然.

原子彈 一二介에
百萬强兵 束手로다

원자탄 한두 개에
백만 강군이 꼼짝 못 하였도다.

原 근원 원   彈 탄알 탄   束 묶을 속

|원주|

- 미국이 원자탄을 사용하였는데, 그 한 개가 떨어진 곳은 방 40리 지역이 함몰되었고, 가옥에서 목석까지 모두 잿더미가 되었다. 만약 다시 원자탄을 몇 개 사용하면 일본 전역이 남아날 것이 없을까 두려워하였다. 그러므로 일왕이 곧바로 스스로 항복하였으니, 장사 백만 명이 모두 꼼짝 못 하고 무장을 해제하였다.

  美國用原子彈, 其一介落處, 地陷方四十里, 家屋以至木石, 盡爲灰燼, 若復用幾介, 則恐全國無遺類, 故日皇乃自降, 壯士百萬, 皆束手而解武裝.

|역주|

- 美國用原子彈: 미국은 1945년 8월 6일에는 광도廣島(히로시마)에 우라늄폭탄을, 8월 9일에는 장기長崎(나가사키)에 플루토늄폭탄을 투하하였다. 2발의 원자탄을 맞은 일본은 8월 15일 무조건 항복함으로써 조선이 독립하고 2차 세계대전이 종식되었다.

관선정에서 들리는
공부를 권하는 노래

大韓獨立 公議있어
萬國 함께 承認이라

대한제국의 독립에 관한 공의가 있어
만국이 함께 〈대한제국의 독립을〉 승인하였다.

韓 나라이름한　獨 홀로독　議 의론할의　承 받아들일승　認 인정할인

|역주|

* **萬國 함께 承認이라**: 1943년 이집트 카이로에서 루즈벨트·처칠·장개석이 회담을 열어 한국의 독립을 보장하는 카이로선언을 채택하였고, 1945년 2월 얄타회담에서 한국의 정치적 혼란을 방지하기 위해 신탁통치가 필요하다는 것을 미국이 제안하고 소련이 받아들여 합의하였으며, 7월 포츠담회담에서 카이로선언의 이행을 천명함으로써 한국의 독립을 재확인하였다.

積年苦心 海外諸公
唾手一笑 돌아오니

오랜 세월 〈광복을 위해〉 애쓴 해외의 여러 공인이
다시 기운을 내 한바탕 웃으며 돌아오니,

積 쌓을적   苦 괴로울고   諸 여러제   唾 침뱉을타   笑 웃을소

|원주|
* 김구 공은 중국에 체류하고 이승만 공은 미국에 있으면서 우리 한국을 구해
  내기 위해 애써 노력한 것이 거의 근 40년이었는데, 지금에서야 고국으로 돌
  아왔다.

  金公九, 留在中國, 李公承晩在美國, 以匡復我韓, 苦心宣力, 殆近四十年, 而
  今始還國.

관선정에서 들리는
공부를 권하는 노래

自治政權 在我하나
庶事草創 어이할고

자치정권이 우리에게 있으나,
여러 일이 시작하는 단계니 어찌해야 하는가.

權 권세 권   庶 여러 서   草 시작 초   創 시작할 창

|원주|

• 우리나라 주권이 아직 확립되지 않아 미국이 군정軍政을 시행하였는데, 여러 일
이 시작하는 단계라 법령이 아직 확립되지 않았다. 또 물가가 급등하여 쌀 한 말
에 값이 100원이 넘는데도 오히려 쌀이 시장에 나오지 않아 민생이 극도로 어려웠
고, 도적이 날로 치성熾盛하여 지금 눈앞에 닥친 재앙을 이루 다 말할 수 없었다.

　我國主權, 尙未立, 美國, 施軍政, 而庶事草創, 法令未立. 且物價騰踊, 米一斗,
價踰百圓, 而猶不出於市場, 民生極艱, 盜賊日熾, 目今剝床之患, 不可勝言.

|역주|

• 剝床之患: 《주역周易》 박괘剝卦 육사六四 효사爻辭에 "상을 깎아 피부에 이
르는 격이니, 흉하다.[剝牀以膚 凶]"라 하고, 〈상전象傳〉에 "상을 깎아 피부에
이른 것은 재앙에 매우 가까운 것이다.[剝牀以膚 切近災也]"라고 하였다. 재앙
이 눈앞에 낙심을 발한다.

血氣있는 우리同胞
이제더욱 奮發하자

혈기가 있는 우리 동포,
이제 더욱 분발하자.

血 피 혈   氣 기운 기   胞 배 포   奮 떨칠 분   發 일어날 발

관선정에서 들리는
공부를 권하는 노래

有人이면 有國이니
世道挽回 누가 할고

사람이 있으면 나라가 있으니,
세도를 바로잡아 회복하는 일을 누가 할까.

有 있을 유   挽 당길 만   回 돌이킬 회

|원주|

● 고종高宗 광무光武 말년에 나라의 혼란이 매우 극도에 달하였어도 예로부터 내려온 염치와 예속禮俗이 있어서 부녀자는 정조貞操와 신의를 스스로 지키고 어린아이는 반드시 어른을 공경할 줄 알았는데, 지금은 이것마저 땅을 쓴 것처럼 다 없어졌다. 세도의 책무를 맡을 수 있는 사람은 빨리 바로잡아 회복할 방도를 도모해야 할 것이다.

光武之末, 國亂已極, 而猶有古來廉恥禮俗, 婦女貞信自守, 幼少必知敬長, 今並此而掃地盡矣. 有能任世道之責者, 宜亟圖所以挽回.

深痼한 前日弊習
어서 바삐 除去하고

해묵은 고질이 된 지난날의 나쁜 습관을
어서 빨리 제거하고,

深 깊을 심　　痼 고질병 고　　弊 폐단 폐　　習 익힐 습　　除 없앨 제
去 없앨 거

自主의 祖國精神
어서 바삐 喚覺하소

자주의 조국정신을
어서 빨리 불러 깨우시오.

祖 할아버지 조   精 정신 정   神 정신 신   喚 부를 환   覺 깨울 각

|원주|

- 우리 조선은 신라 중엽 이후부터 매번 중국에 의지하여 모든 의관과 문물은 꼭 중화의 제도를 모방하였고, 국사國史에 이르러서도 우리나라의 역사는 버려두고 중국의 ≪자치통감資治通鑑≫을 읽으니, 자주정신이 전혀 없는 것이다.

  我鮮, 自新羅中葉以後, 每依附於中國, 凡衣冠文物, 必佯擬華制, 以至國乘, 亦捨國史而讀中國≪通鑑≫, 專無自主精神.

倫綱부터 樹立하고
風俗漸次改革하야

오륜五倫과 삼강三綱부터 수립하고,
풍속을 점차 개혁하여

倫 차례 륜   綱 벼리 강   樹 세울 수   漸 차츰 점   次 순서 차
改 고칠 개   革 고칠 혁

|원주|

- 세도를 유지하고자 하면 반드시 먼저 오륜과 삼강을 붙들어야 하니, 오륜이
  밝아지고 삼강이 바르게 된 뒤에야 경박하고 나쁜 풍속도 점점 고칠 수 있다.

  欲維持世道, 則必先扶倫綱, 五倫明, 三綱正, 以後澆風弊俗, 亦可得而漸改也.

|역주|

- 五倫: 사람이 지켜야 할 다섯 가지 도리로서, 부자유친父子有親·군신유의君臣
  有義·부부유별夫婦有別·장유유서長幼有序·붕우유신朋友有信이다.
- 三綱: 군신君臣·부자父子·부부夫婦 사이에 지켜야 할 도리로서, 군위신강君爲
  臣綱·부위자강父爲子綱·부위부강夫爲婦綱이다.

2-78

檀箕古國 좋은 疆土
永久維持하여 보세

단군檀君과 기자箕子의 옛 나라 좋은 강토를
영원히 유지하여 보세.

檀 박달나무 단   箕 키 기   疆 지경 강   永 길 영   久 오랠 구
維 수호할 유   持 지킬 지

우리도 四千餘年
歷史있는 나라이니

우리도 사천여 년
역사가 있는 나라니,

餘 남을 여   歷 지날 력

亂極思治 此時機에
老夫一言 省念하소

어지러움이 극도에 달하여 태평한 시절을 그리워하는 이 시기에,
늙은이의 한마디 말을 돌이켜 생각해보시오.

右第二章八十(一)句

이상은 제2장이니, 〈모두〉 80구다.

亂 어지러울 란　極 지극할 극　機 때 기　老 늙을 로　夫 사내 부
省 돌이킬 성　念 생각할 념

| 원주 |

- 경술국치庚戌國恥 이후, 대체로 우리 유민으로서 세상에 구차하게 붙어산 사람은 문을 닫고 숨죽이며 입은 있어도 감히 말하지 못하고 붓은 있어도 감히 글을 쓰지 못하였는데, 지금 다행히 죽지 않고 이런 날을 보게 되니, 이에 이와 같이 간략하게 소회를 털어놓는다.

  庚戌以後, 凡我遺民之苟寄於世者, 杜門屛息, 有口不敢言, 有筆不敢書, 今幸而不死, 得見此日, 乃略吐所懷如此.

- 이 장에서 말한 깃을 우리나라 역사의 대략을 어린 학사에게 써서 오늘날에

감동하여 분발할 줄 알게 하는 것이다.

此章言, 我國歷史大略, 以示蒙士, 使知所以感奮於今日云爾.

|역주|

- (一): 저본에는 '一'이 있으나, 2장은 전체 80장이므로 연자衍字로 처리하였다.

관선정에서 들리는
공부를 권하는 노래

自有生民以來로
最先務가 教育이라

인류가 있은 이래로
가장 급선무는 교육이었다.

自 ~부터 자   生 낳을 생   最 가장 최   先 먼저 선   務 일무
教 가르칠 교   育 기를 육

|원주|

- 옛날의 임금은 반드시 먼저 토지제도를 제정하여 백성에게 의식을 넉넉하게 하고, 다음으로 교육제도를 정립하여 예禮와 의義를 가르쳤다. 선후로 말하면 양식이 교육보다 앞서고, 경중으로 말하면 교육이 양식보다 중요하다. 가르치지 않으면 사람다운 사람이 될 수 없으니, 사람다운 사람이 될 수 없으면 나라도 나라다운 나라가 될 수 없다.

  古之王者, 必先定田制, 而足民衣食, 而次立學制, 以教禮義. 以先後言之, 食先於教, 以輕重言之, 教重於食. 不教, 無以爲人, 無以爲人, 則亦無以爲國.

爲國이 係人이오
作人은 由學이라

**나라를 다스림은 사람에게 달려 있고,
인재를 양성함은 학문에서 기인한다.**

爲 다스릴 위   係 매일 계   由 말미암을 유

3-3

大哉라 聖賢마음
天下萬世 근심하사

크구나, 성현의 마음이여.
천하와 만세를 근심하시어

哉 어조사 재   萬 일만 만   世 세대 세

사람되라 사람되라
建學養士하였도다

사람이 되어라, 사람이 되어라.
학문을 세워 사士를 기르셨도다.

建 세울건　養 기를양

士者의 重要함이
四民의 머리되야

사士의 중요함이
〈사·농·공·상〉 네 백성의 첫째가 되어

者 사람 자   重 무거울 중   要 요긴할 요

|원주|

● 사민은 바로 사인士人·농인農人·공인工人·상인商人이다. 사인士人이 그 첫째를 차지함은 익히는 것이 선성先聖과 선왕先王의 도道로서 대인大人의 일을 갖추었기 때문이다.

四民, 卽士農工商, 士居其首, 所講者, 先聖先王之道, 而大人之事備矣.

詩書禮樂 熟講하고
孝悌忠信 雅行이라

시서예악을 익숙하게 익히고,
효제충신을 바르게 실천하였기 때문에,

詩 시경 시	書 서경 서	禮 예도禮度 예	樂 음악 악	熟 익을 숙
講 익힐 강	孝 효도 효	悌 공손할 제	忠 충성 충	信 신의 신
雅 바를 아				

草野에 閒居해도
責任이 非輕하니

초야에 한가로이 거처해도
책임이 가볍지 않으니,

草 풀초   野 들야   閒(≒閑) 한가할 한   居 살 거   責 책임 책
任 맡길 임   輕 가벼울 경

|원주|

- 명나라의 유자儒者 단문공端文公 고헌성顧憲成이 말하였다. "물가 숲 아래에 살아도 뜻이 세도世道에 있지 않으면 군자는 취하지 않는다."
- 대체로 몸은 초야에 살더라도 세도를 근심하는 것이 참으로 유자儒者의 본분이다.

明儒顧端文曰: "居水邊林下, 志不在世道, 君子無取也."
蓋雖身居草野, 而以世道爲憂, 誠儒者本分也.

得位하면 輔世長民
自己의 分內事라

지위를 얻으면 세상을 도와 백성을 다스림은
자기 본분 안의 일이다.

得 얻을득   位 자리위   輔 도울보   長 다스릴장   分 분수분
事 일사

敎術이 不明하면
士習因以頹敗하고

교육하는 방법이 분명하지 않으면
사士의 습속이 이 때문에 무너지고,

敎 가르칠 교　術 방법 술　明 분명할 명　習 익힐 습　因 말미암을 인
頹 무너질 퇴　敗 무너질 패

|원주|

• 한漢나라는 황로학黃老學을 숭상하고, 진晉나라는 청담淸談을 숭상하고, 수
隋나라·당唐나라는 사장학詞章學을 숭상하였으며, 우리나라는 신라·백제·고
구려 세 나라는 무예武藝를 숭상하고, 고려는 불교를 숭상하고, 우리 조정은
'학문을 숭상한다.'고 하였으나 정조正祖 이후로는 오로지 과거시험으로 벼슬
아치를 뽑았기 때문에, 세도世道가 점차 낮아짐에 이르렀고, 근년의 이른바 학
교라는 것은 근본을 버리고 말단을 좇아 예의禮義를 버리고 공명功名과 이익
을 숭상하니, 그 해로움을 더욱 말할 수 없다.

漢尙黃老, 晉尙淸談, 隋唐尙詞章, 我國, 則羅濟麗三國, 尙武藝, 高麗尙佛,
我朝雖曰右文, 而自正廟以下, 專以科(式)[試]取士, 所以世道漸至低下, 近年所
謂學校, 則捨本就末, 棄禮義, 而尙功利, 其爲害尤不可言.

- 黃老: 한나라 초기에 유행한 도가道家의 한 유파로, 황제黃帝와 노자老子의 사상을 바탕으로 유가儒家·묵가墨家·명가名家·법가法家 등의 사상을 폭넓게 흡수하여 청정무위淸淨無爲의 정치사상을 내세웠다.
- 淸談: 청담은 세속의 공명功名과 이익을 떠난 맑고 깨끗한 담화談話라는 뜻이다. 노장사상老莊思想에 기초하여 세속적 가치를 초월한 정신적 자유를 강조하고, 철학·예술적인 논의를 중시하였다.
- 詞章: 시부詩賦와 문장文章을 함께 이르는 말이다. 주로 수사적修辭的 기교에 중점을 둔 장식적인 문학론에 충실한 학풍을 말한다.
- (式)[試]: 저본에는 '式'으로 되어 있으나, 문맥상 '試'로 바로잡았다.
- 自正廟以下 專以科(式)[試]取士: 정조는 역대 왕의 글과 책을 수집 보관하는 역할을 한 규장각奎章閣의 기능을 비서실·문한文翰·과거시험 주관·문신文臣 재교육의 임무 등을 부여하여 규장각 제도를 정비하고, 우문지치右文之治(문치주의文治主義)·작인지화作人之化(인재배양人材培養)를 명분으로 내세워 문화정치를 표방하였다. 초계문신抄啓文臣의 강서講書·제술製述 등 시험을 통해 임용·승진의 자료로 삼았다. 이는 당시 외척세력을 누르고 왕권을 강화하는 동시에 문치文治를 펴기 위한 하나의 조치였다.

學業이 不正하면
世道爲之低殘이라

**학업이 바르지 않으면
세도가 이에 따라 낮아지고 무너진다.**

學 배울학　業 일업　低 낮을저　殘 무너질잔

是故로 聖王設教
節目이 詳明하니

이 때문에 성왕이 학교를 설립하되
절목이 자세하고 분명하니,

故 그러므로고   設 베풀설   節 항목절   目 조목목   詳 자세할상
明 분명할명

大學의 三綱領이
修己後에 治人이오

≪대학≫의 삼강령은
자신을 수양한 뒤에 남을 다스리는 것이요,

綱 벼리 강   領 옷깃 령   修 닦을 수   後 뒤 후

| 원주 |

- 세상에서 교육을 논하는 사람은 반드시 도덕과 경제를 말하는데, ≪대학≫에서 말한 격물·치지·성의·정심·수신은 도덕을 밝히기 위한 일이고, 제가·치국·평천하는 경제를 위한 일이다. 지금 아무리 애써 연구하고 온갖 말로 강연하더라도 ≪대학≫의 범위를 넘지 않는다.

  世之論敎育者, 必曰道德經濟, ≪大學≫所云格物·致知·誠意·正心·修身, 卽道德也; 齊家·治國·平天下, 卽經濟也. 今雖苦心硏究, 極口講演, 而亦不越乎≪大學≫範圍.

| 역주 |

- 三綱領: ≪대학≫ 경經1장에 나오는 명명덕明明德·신민新民·지어지선止於至善을 말한다. 명명덕은 사람이 하늘에게서 받은 성性 곧 자신의 명덕을 밝히는 것이며, 신민은 백성을 새롭게 함 곧 자신의 덕을 밝힌 뒤에 이를 넓혀 나른

사람도 그들 자신의 명덕을 밝힐 수 있도록 여건을 만들어주는 것이며, 지어지선은 명명덕과 신민이 모두 지선至善의 경지에 이르러 옮겨가지 않는 것이다.

- ≪大學≫所云……卽經濟也: 격물格物·치지致知·성의誠意·정심正心·수신修身·제가齊家·치국治國·평천하平天下를 '팔조목八條目'이라고 한다.
- 經濟: 경세제민經世濟民의 줄임말로, 나라를 다스리고 백성을 구제함을 말한다.

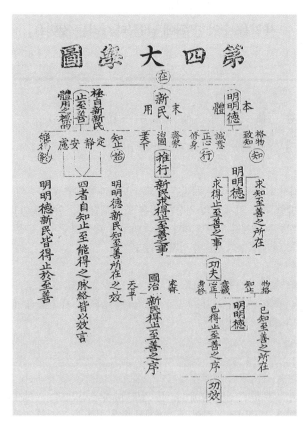

〈대학도〉, ≪성학십도聖學十圖≫

周禮의 鄕三物이
德行과 六藝로다

≪주례≫의 향학鄕學의 세 가지는
육덕六德과 육행六行과 육예六藝다.

周 나라이름주　　鄕 고을향　　物 물건물　　藝 재주예

|원주|

- ≪주례≫ 〈지관地官 대사도大司徒〉에 "향학의 삼물(세 가지 교법敎法)로 만백
성을 교화한다. 첫째는 육덕六德이니 지知·인仁·성聖·의義·충忠·화和요, 둘째
는 육행六行이니 효孝·우友·목睦·인婣·임任·휼恤이요, 셋째는 육예六藝니 예
禮·악樂·사射·어御·서書(육서법六書法)·수數다."라고 하였다.

  ≪周禮≫, 以鄕三物敎萬民, 一曰六德, 知仁聖義忠和; 二曰六行, 孝友睦婣任
恤; 三曰六藝, 禮樂射御書數.

|역주|

- 知仁聖義忠和: 지智는 시비是非를 분별함, 인仁은 사욕私欲이 없음, 성聖은 정
통하지 않음이 없음, 의義는 결단함이 있음, 충忠은 자기의 마음을 다함, 화和
는 어긋남이 없음을 이른다.

- 孝友睦婣任恤: 효孝는 부모를 잘 섬김, 우友는 형제간에 살핌, 목睦은 구속九

族과 친하게 지냄, 인婣은 외척外戚과 친하게 지냄, 임任은 붕우간에 신의가 있음, 휼恤은 곤경에 처하고 가난한 사람을 구휼함이다.

관선정에서 들리는
공부를 권하는 노래

本末이 有序하고
體用이 該備하니

근본과 말단이 차례가 있고,
체와 용이 갖춰져 있으니,

本 뿌리 본　末 끝 말　序 차례 서　體(≒軆) 근본 체　用 작용 용
該 갖출 해　備 갖출 비

|원주|

● 자신을 수양함은 근본이고, 사람을 다스림은 말단이니, 근본이 어지러운데 말단이 다스려지는 경우는 없다. 덕행德行은 본체고, 예술은 작용이니, 본체는 있는데 작용이 없는 것 역시 학문이 아니다. ≪대학≫과 ≪주례≫에서 사람을 가르치는 것이 바로 이른바 진정한 학문이라는 것이니, 만대에 베풀어도 폐단이 없다. 제齊 환공桓公과 진晉 문공文公은 자신을 수양하지 않고 먼저 사람을 다스리고자 하였으니 그 폐단은 패도覇道의 공로일 뿐이고, 노자老子와 부처는 심성心性을 닦아 빛내긴 하였으나 외부의 사물을 버려두었으니 그 폐단은 현허玄虛와 적멸寂滅일 뿐이다.

修己, 本也. 治人, 末也. 本亂而末治者否矣. 德行, 體也. 藝術, 用也. 有體而無用, 亦非學也. ≪大學≫及≪周禮≫敎人, 此所謂眞正學問, 而亘萬世無弊也. 桓文, 不能修己而徑欲治人, 其弊爲覇功而已, 老佛修明心性, 而遺外事物, 其弊爲玄虛寂滅而已.

|역주|

- **體用**: 성리학性理學에서 사용하는 용어다. 체體는 본체적 존재로 형이상形而上의 세계에 속하고, 용用은 작용 및 현상으로 형이하形而下의 세계에 속한다. 그러나 두 가지는 표리일체表裏一體로서 떨어질 수 없는 관계에 있다.
- **覇功**: 인의仁義를 무시하고 무력武力이나 권모술수權謀術數를 사용하여 나라를 다스리는 일인 패도覇道로 공로를 세우는 것이다.
- **玄虛寂滅**: 현허는 도道의 현묘玄妙하고 허무虛無한 모습을 형용하는 말로 노자의 허무한 학문을 이르고, 적멸은 불교에서 열반涅槃의 의역으로 번뇌를 끊고 생사生死를 벗어난 해탈의 경지를 이른다.

3-15

이것이 眞正學問
萬世에 無弊로다

이것이 진정한 학문이니,
만대에 〈베풀어도〉 폐단이 없도다.

眞 참 진   弊 해로울 폐

近世의 山林諸家
說心說性 專門이오

근세 산림의 여러 학가學家는
심성心性을 말하는 것이 전문이고,

林 수풀림 諸 여러제 說 말할설 專 오로지전 門 문문

|원주|

- 우리 나라의 학자가 분당分黨한 이래로 논한 심성心性과 리기理氣는 서로 같은 점과 다른 점이 있으나, 저마다 〈학통學統의〉 가르침을 높이고 저마다 대대로 내려온 논의를 지켜 시비가 분분하여 점점 더욱 어긋나 분열되었다. 대체로 일생 동안 기력을 허비하며 논변하고 저술하지만 구이지학口耳之學에 불과하고, 또 그 규모가 좁고 지기志氣가 쇠약하여 세상을 다스리고 구제하는 일 같은 것에 이르러서는 어찌할 수 없다고 핑계를 대며 조금도 뜻을 두지 않는다. 만일 이런 사람을 천거하여 일할 수 있는 자리에 둔다면 무엇을 할 수 있겠는가.

我東學者, 自分黨以來, 所論心性理氣, 互有異同, 各尊法門, 各守世論, 是非 紛紜, 漸益乖裂. 蓋其一生費氣力, 論辨撰著, 不過爲口耳之學, 而且其規模狹 隘, 志氣萎薾, 至若經濟世務, 則諉之以莫可奈何, 而不少留意焉. 如或擧而置 之有爲之地, 則將何以哉.

- 나라를 다스릴 줄 모르면서 심성心性·리기理氣 같은 것에만 열을 올리며 논란論難한 학자들을 비꼰 말이다.
- 口耳之學: 들은 것을 자기 생각 없이 그대로 남에게 전하는 것에 불과한 학문이다.

이밖의 俗儒들은
記誦詞章而已로다

이 밖의 속유들은
기송이나 사장만 할 뿐이로구나.

俗 저급할 속   儒 선비 유   記 기억할 기   誦 외울 송   詞 말 사
章 글 장

|원주|

● 이른바 사장학詞章學이라는 것도 전심專心하지 않으면 잘할 수 없다. 그러므
  로 종신토록 잔다란 문구 사이에 정력을 다 쏟아도 결국 성취한 것은 그 말을
  화려하게 하여 남의 눈이나 기쁘게 한 것에 불과할 뿐이니, 심신과 무슨 관계
  가 있겠는가. 대체로 문장으로 세상에 이름을 날리는 사람도 그러한데, 하물
  며 이보다 수준이 낮은 사람이겠는가. 그러므로 정자가 "문장의 해로움이 이
  단보다 심하다."라고 한 것이다.

所謂詞章之學, 亦不專則不工, 故終身疲精於區區文句之間, 而末梢成就, 不
過英華其言, 以悅人眼而已. 於身心·有何干涉. 夫以文鳴世者, 猶然, 況下此者
耶. 故程子曰: "文章之害, 甚於異端."

|역주|

- 俗儒: 식견이나 견문 등이 변변치 못한 학자를 말한다.
- 記誦: 기송지학記誦之學을 말한다. 외우기만 하고 이해하려고 애쓰거나 실천하지 못하는 학문을 이른다.
- 異端: 유학에서 노장老莊, 양묵楊墨, 불교 등을 적대하여 이르는 말이다.

儒者가 價値 없어
世人唾罵 難免이라

유자가 가치가 없어져
세상 사람들의 경멸과 모욕을
피하기 어렵게 되었다.

儒 선비 유   價 값 가   値 값 치   唾 침 뱉을 타   罵 욕할 매
難 어려울 난   免 벗어날 면

勗哉어다 우리同志
實地眞工하여보세

힘쓸지어다. 우리 동지여.
실제의 참된 공부를 해보세.

勗 힘쓸 욱   哉 어조사 재   志 뜻 지   實 사실 실   地 처지 지
眞 참 진   工 공부 공

|원주|
• 勗: 勗은 勖의 와자譌字다.

古今事理 通達코저
博學하고 審問하니

고금의 사리에 통달코자
널리 배우고 자세히 물으니,

古 옛고　　今 이제금　　理 이치리　　通 통할통　　達 통할달
博 넓을박　　審 자세할심

|원주|

● 《중용中庸》에 "널리 배우며, 자세하게 물으며, 신중하게 생각하며, 분명하게 변별하며, 철저하게 행해야 한다."라고 하였는데, 정자가 "다섯 가지에서 어느 하나라도 버리면 학문하는 기본이 아니다."라고 하였다.

《中庸》曰: "博學之, 審問之, 愼思之, 明辨之, 篤行之." 程子曰: "五者, 廢其一, 非學也."

審問博學 좋건마는
篤行工夫 最難하다

자세히 묻고 널리 배움도 좋지만
철저하게 실천하는 공부가 가장 어렵다.

審 자세할 심　問 물을 문　博 넓을 박　篤 철저할 독　最 가장 최
難 어려울 난

|원주|

* 참으로 안 적이 없기 때문에 실천하지 못하는 것이다. 그러므로 학문할 때는
반드시 도리를 궁구함을 귀하게 여기는 것이다. 그러나 만약 반드시 앎이 지
극해지기를 기다린 뒤에야 실천한다면 지혜가 낮은 사람의 경우는 종신토록
실천할 수 있는 날이 없을 것이다. 요컨대 아는 것이 있으면 실천해야 하니, 오
늘 안 것을 오늘 실천하고 나중을 기다리지 말아야 한다.

  由其未嘗眞知, 而不能實踐, 故爲學, 必貴窮理. 然若必待其知之盡, 而後乃行
  之, 則如下智者, 終身無可行之日矣. 要當有知, 斯行之, 今日行今日所知, 而勿
  等待後日, 可也.

|역주|

* 等待: '기다리다'라는 뜻이다.

萬卷詩書 다 읽어도
無一善行可稱하면

만 권의 시서를 다 읽어도
일컬을 만한 선행 하나 없다면

萬 일만 만　　卷 책 권　　詩 시 시　　書 글 서　　無 없을 무
善 착할 선　　稱 일컬을 칭

|원주|

● 많은 책을 읽어도 일컬을 만한 선행 하나 없는 것은, 바로 이런 사람은 성현의 지극한 가르침을 보고도 한바탕 이야기로만 여길 뿐 자신에게 돌이켜 체인體認하지 않고 실천하는 것에 조금도 힘을 쓰지 않기 때문이다. 그렇다면 책을 읽은 것이 아무리 많더라도 무슨 보탬이 있겠는가. 명목상으로는 학문을 한다고 하지만 학문을 하지 않은 것과 다름이 없다.

讀許多書, 而無一善可稱者, 蓋其人, 看聖賢至訓, 只把作一場說話而已, 不能反躬體認, 而於行處不少用力故也. 然則讀雖多, 奚益之有. 名雖爲學, 而與不學無異.

|역주|

● 體認: 몸소 자세히 살펴서 분별하고 판단하여 아는 것이다.
● 把作: '간주하다'·'생각하다'라는 뜻이다.

이내몸에 무슨 有益
不學無識 다름 없고

이 나의 몸에 무슨 보탬이 있겠는가.
배우지 않아 무식한 것과 다름이 없고,

益 보탤 익   識 알 식

百千技能 다하여도
心術 하나 不正하면

백 가지 천 가지 재능을 다 발휘하여도
마음씨 하나 올바르지 않으면

技 재능기   能 잘할능   術 기예술   正 바를정

|원주|

● 진秦나라의 이사李斯와 조고趙高, 한漢나라의 왕망王莽과 조조曹操, 당唐나라
의 이임보李林甫, 송宋나라의 장돈章惇과 진회秦檜 및 우리 조정의 유자광柳子
光과 남곤南袞과 심정沈貞의 무리는 모두 문장을 잘하고 널리 알고 사리事理를
잘 분별하며 지략이 풍부하고 예능이 많은 사람이었으나, 마음씨가 올바르지
못하여 천고의 소인이라는 오명汚名을 얻었으니, 매우 두려울 만하다.

秦之斯·高, 漢之莽·操, 唐之林甫, 宋之惇·檜, 及我朝子光·袞·貞輩, 皆能文博
辨, 足智多藝者, 而惟其心術不正, 得千古小人之名, 可懼之甚也.

관선정에서 들리는
공부를 권하는 노래

事爲上에 差錯있어
小人罪名 難掩이라

행위상에 어그러짐(잘못)이 있어
소인이라는 죄명을 가리기 어렵다.

事 일 사　　爲 할 위　　差 어그러질 차　　錯 어긋날 착　　罪 허물 죄
難 어려울 난　掩 가릴 엄

古今사람 歷歷하니
두렵고도 두려울사

옛사람이나 지금 사람이나 〈그 증거가〉 뚜렷하니,

두렵고도 두렵구나.

歷 분명할 력

曾氏의 (母)[毋]自欺와
顔子의 不貳過를

증씨의 자신을 속이지 말라는 것과
안자의 같은 잘못 거듭하지 않는 것을

曾 성姓 증	毋 말 무	欺 속일 기	顔 성姓 안
過 허물 과	貳 거듭할 이	子 남자의 미칭美稱 자	

|원주|

● ≪대학≫에 말하였다. "자기의 뜻을 진실하게 한다는 것은 자신을 속이지 말라는 것이다."

 ○ ≪중용≫에 말하였다. "은밀한 곳보다 더 잘 드러나는 곳은 없으며, 미세한 일보다 더 잘 나타나는 것은 없다. 그러므로 군자는 자기 혼자만 아는 마음의 자리를 삼간다."

 ○ 정자가 말하였다. "옛날에 어떤 사람이 금琴을 타다가 사마귀가 매미를 잡으려고 하는 것을 보았는데, 〈연주를〉 들은 사람이 '살심殺心의 소리가 있다.'라고 하였다. 죽이려는 생각이 마음에 있기 때문에, 사람이 그 금琴 소리를 듣고서 안 것이니, 어찌 나타난 것이 아니겠는가. 사람에게 불선不善함이 있을 때 스스로 '남들은 모르겠지.'라고 생각하나, 천지의 이치는 확실하게 드러나니 속일 수 없다."

 또 말하였다. "학문은 남이 보지 못하는 곳에서도 자신을 속이지 않는 것에서 시작한다."

○ 장자가 말하였다. "환히 드러나는 곳에서 불선한 짓을 하면 사람이 잡아다 처벌하고, 드러나지 않는 곳에서 불선한 짓을 하면 귀신이 잡아다 처벌한다."

○ 온공溫公 사마광司馬光이 "나는 남보다 뛰어난 것이 없지만, 다만 평소 실천한 것이 남과 마주하여 말할 수 없는 것은 없다."라고 하였다.

○ 옛말에 "홀로 잠잘 때는 이불에도 부끄럽지 않아야 하고, 홀로 걸어갈 때는 그림자에게도 부끄럽지 않아야 한다."라고 하였으니, 배우는 사람이 늘 이러한 마음을 지닌다면 자신을 속이는 폐단이 없을 것이다.

≪大學≫曰: "誠其意者, (毋)[毋]自欺也." ○≪中庸≫曰: "莫見乎隱, 莫顯乎微, 故君子愼其獨也." ○程子曰: "昔人彈琴, 見螳螂捕蟬, 而聞者以爲有殺聲. 殺在心, 人聞其琴而知之, 豈非顯乎. 人有不善, 自謂人不知之, 然天地之理甚著, 不可欺也." 又曰: "學始於不欺暗室." ○莊子曰: "爲不善乎顯明之中, 人得而誅之, 爲不善乎幽暗之中, 鬼得而誅之." ○司馬溫公嘗言, 吾無過人者, 但平生所爲, 未嘗有不可對人言者. ○古語曰: "獨寢不愧衾, 獨行不愧影." 學者常持此心, 則無自欺之弊.

|역주|

- (毋)[毋]: 저본에는 '毋'로 되어 있다. 毋는 毋의 고자古字로서 통용되나, 여기서는 '毋'자로 바로잡았다. 아래도 같다.
- 曾氏: 공자孔子의 제자 증삼曾參이다. 증자曾子로 존칭한다.
- 顔子의 不貳過: 안자는 공자孔子의 제자 안회顔回다. 이 내용은 ≪논어論語≫〈옹야雍也〉에 나온다.
- 昔人彈琴: 후한後漢의 채옹蔡邕이 진류陳留(지금의 하남성河南省 개봉開封)에 있을 때의 이야기다.
- 顯明之中·幽暗之中: 현명지중은 남들이 보는 곳, 유암지중은 남들이 보지 못하는 곳을 가리킨다.
- 古語曰: 이 말은 남송南宋의 채원정蔡元定이 도주道州에 유배되어 있을 때 자식들을 훈계한 편지에 있는 말이다.

銘心하고 佩服하야
反省自修하고보면

마음에 새기고 잊지 않아
돌이켜 살피며 스스로 익히고 보면

銘 새길 명   佩 찰 패   服 옷 복   反 돌이킬 반   省 살필 성
修 익힐 수

|원주|

* ≪주역≫ 복괘復卦 초구初九 효사爻辭에 말하였다. "멀리 가지 않고 돌아오니, 후회함에 이르지 않는다."

  ○ 공자가 말하였다. "안회顔回는 잘못을 거듭 범하지 않는다." 또 말하였다. "불선不善이 있으면 모른 적이 없고, 알면 다시 행한 적이 없었다."

  ○ 정자가 말하였다. "안자顔子와 같은 경지에 어찌 불선함이 있겠는가. 이른바 불선이라는 것은 다만 미세하게 실수가 있는 것이니, 〈안자는〉 조금 실수가 있으면 곧바로 이것을 알았고, 알면 다시 싹터 나오지 않았다."

  ○ 소자(소옹邵雍)가 말하였다. "입에 부끄러움이 없는 것은 몸에 부끄러움이 없는 것만 못하고, 몸에 부끄러움이 없는 것은 마음에 부끄러움이 없는 것만 못하다. 입에 허물이 없기는 쉽고 몸에 허물이 없기는 어려우며, 몸에 허물이 없기는 쉽고 마음에 허물이 없기는 어렵다."

≪易≫曰:"不遠復, 無祇悔." ○孔子曰:"顔回不貳過." 又曰:"有不善, 未嘗不
知, 知之, 未嘗復行也." ○程子曰:"如顔子地位, 豈有不善. 所謂不善, 只是微有
差失, 才差失, 便能知之, 知之, 便更不萌作." ○邵子曰:"無愧于口, 不若無愧于
身, 無愧于身, 不若無愧于心. 無口過易, 無身過難, 〈無身過易, 無心過難.〉"

|역주|

- 〈無身過易 無心過難〉: 저본에는 없으나 문맥에 따라 ≪황극경세서皇極經世
書≫ 권12 〈관물편觀物篇 57〉에 의거하여 '無身過易 無心過難' 8자를 보충하
였다.

관선정에서 들리는
공부를 권하는 노래

斯學의 單符的訣
此外에 다시 없다

이 학문(유학儒學)의
단 하나의 부신符信이자 적확한 비결이니
이것 외에는 다시 없다.

斯 이것 사   單 홑 단   符 부합할 부   的 적실할 적   訣 비결 결

|원주|

● 주자가 어렸을 때, 병산屛山 유자휘劉子翬를 모시고 있다가 도道에 들어가는 순서를 묻자 병산이 말하였다. "'불원복不遠復'은 바로 나의 세 글자 부신符信이니, 너는 이를 힘써 실천하거라."

○ 남헌南軒 장식張栻이 말하였다. "오늘 한 가지 잘못된 생각을 통렬하게 고치려고 하지 않으면 다음날 이 생각이 다시 생길 것이다. 그러므로 군자는 이를 두려워하여 마음에 싹트면 반드시 알아차리고 알아차리면 통렬하게 징계하여 끊어버리기를 오동나무 잎을 가르듯이 하여 다시는 이을 수 없게 해야 한다. 안자顔子의 불이과不貳過는 단번에 끊어버려 다시는 생겨나지 않게 한 것이다. 그러므로 나의 서재書齋를 '불이不貳'라고 이름을 붙였다."

朱子童子時, 侍劉屛山, 問入道次第, 屛山曰: "不遠復, 乃吾之三字符, 汝勉之." ○張南軒曰: "今日一念之差, 而不痛以求改, 則明日益合重生矣, 故君子懼焉, 萌于心, 必覺, 覺則痛懲而絕之, 如分桐葉然, 不可復續. 顔子之不貳, 一絕不復生也, 故名吾室曰不貳."

|역주|

- **符**: 신표信標로서 나무나 옥 등에 글자를 써서 절반을 잘라 하나는 궁중에 두고 하나는 수령에게 준다. 군대를 동원할 때면 사신에게 궁중에 보관한 부符를 주어 현지에 가서 맞춰 증거로 삼는다.
- **如分桐葉然**: 당唐나라의 이회광李懷光이 반란을 일으켰는데 그해에 또 메뚜기떼로 인한 재앙과 가뭄이 들자, 의론하는 자들이 이회광을 사면해 주고자 하였다. 덕종德宗이 여러 신하에게 널리 묻자, 이필李泌이 오동나무 잎 하나를 갈라 사신에게 부쳐 올리며 "폐하께서 〈한번 배반한〉 이회광과 군신간의 분수를 다시 합칠 수 없는 것이 이 잎과 같습니다.[陛下與懷光 君臣之分不可復合 如此葉矣]"라고 하였다. 이 때문에 이회광을 사면하지 않았다.(≪신당서新唐書≫ 권139 〈이필전李泌傳〉) 장식張栻이 이 말을 인용하여 잘못된 생각이 다시 이어지지 않게 끊어버려야 함을 말한 것이다.

餘力으로 游於藝術
德備才全하리로다

남은 힘으로 육예六藝와 기술을 배우면
덕이 갖추어지고 재능이 온전해질 것이로다.

餘 남을 여　游(≒遊) 배울 유　藝 교육과목 예　術 기술 술　備 갖출 비

|원주|

- 육예와 기술은 예와 지금을 참작하여야 한다. 옛날의 이른바 예禮·악樂·서書·수數와 지금의 이른바 과학은 모두 기구를 쓰기에 편리하게 하고 살림을 넉넉하게 하는 것이니, 재주에 따라 가르쳐 졸업하게 하여야 한다.

   藝術, 宜酌古參今, 古之所云禮樂書數, 今之所云科學, 凡利用厚生者, 隨才敎之, 使至卒業可也.

|역주|

- 六藝: 고대 중국 교육의 여섯 가지 과목으로 예禮·악樂·사射·어御·서書(육서법六書法)·수數다.
- 利用厚生: 세상의 편리와 민생의 이익을 꾀하는 일로, 일상생활에 쓰는 기구를 쓰기에 편리하게 하고, 의식주衣食住 같은 것을 넉넉하게 하여 백성의 삶을 풍요롭게 하는 것이다.

3-31

今日에 一理 알고
明日에 一事 行해

**오늘 한 가지 도리道理를 알고,
다음날 한 가지 일을 실천하여**

今 이제금   日 날일   理 이치리   明 날이샐명   事 일사
行 실천할행

百日되면 能百이오
千日되면 能千이라

**백 일이 되면 능숙한 것이 백 가지가 되고,
천 일이 되면 능숙한 것이 천 가지가 될 것이다.**

百 일백 백　　能 잘할 능　　千 일천 천

|역주|

● ≪중용中庸≫ 20장에 다음과 같은 말이 있다. "다른 사람이 한 번에 능숙하면 자기는 백 배를 노력하며, 다른 사람이 열 번에 능숙하면 자기는 천 배를 노력해야 한다.[人一能之 己百之 人十能之 己千之]"

日行千里좋은말도
아니가면 駑駘되고

하루에 천 리를 가는 좋은 말도
안 가면 노둔한 말이 되고,

行 갈 행   里 거리의 단위 리   駑 느릴 노   駘 둔마 태

一簣라도 積累하면
九仞山도 可成이라

한 삼태기의 흙이라도 날로 쌓고 달로 쌓으면
아홉 길이나 되는 산도 이룰 수 있다.

簣 삼태기 궤　　積 쌓을 적　　累 포갤루　　九 아홉 구
仞 길(길이의 단위) 인　成 이룰 성

|원주|

- 《서경書經》〈주서周書 여오旅獒〉에 말하였다. "아홉 길이나 되는 산을 만들 때 한 삼태기의 흙이 〈모자라〉 공이 무너질 것이다."

  ○ 《논어論語》〈자한子罕〉에 말하였다. "비유하면 평지에 막 한 삼태기의 흙을 부었으나 〈산을 만들기 위해〉 나가는 것도 내가 나가는 것이다."

  《書》曰: "爲山九仞, 功虧一簣." ○《論語》曰: "譬如平地, 方覆一簣, 進, 吾往也."

|역주|

- 積累: 일적월루日積月累의 준말이다. 날로 쌓고 달로 쌓아 부단히 노력함을 말한다.
- 方覆一簣: 《논어》에는 '方'이 '雖'로 되어 있다.

天道도 至誠無息
不誠이면 無物이라

천도도 지극히 성실하여 쉼이 없으니,
성실하지 않으면 사물이 없다.

至 지극할 지　　誠 성실할 성　　息 쉴 식　　物 물건 물

|역주|

- 至誠無息: ≪중용中庸≫ 26장에 나온다.
- 不誠無物: ≪중용中庸≫ 25장에 나온다. "성실함은 사물의 처음과 끝이니, 성실하지 않으면 사물이 없는 것과 같다. 이 때문에 군자는 성실함을 귀하게 여긴다.[誠者 物之終始 不誠無物 是故君子誠之爲貴]"

流水도 晝夜不捨
白日도 分刻無停

흐르는 물도 밤낮을 쉬지 않고,
환하게 밝은 해도 잠깐을 멈추지 않으니,

流 흐를 류　　晝 낮 주　　夜 밤 야　　捨 쉴 사　　白 흰 백
分 시간단위 분　刻 시간단위 각　停 멈출 정

|원주|

- 《중용》에 "지극히 성실함은 쉼이 없다."라 하고, 또 "성실하지 않으면 사물이 없다."라 하고, 또 "천지의 도道는 한마디 말로 다 표현할 수 있으니, 그 실질[爲物]이 둘이 아니기 때문에 그것이 만물을 생성함이 〈많아 다〉 헤아릴 수 없는 것이다."라고 하였다.

  저 천도天道는 둘이 아니니, 둘이 아니기 때문에 쉬지 않으며, 쉬지 않기 때문에 만물을 생성할 수 있다. 만약 쉰다면 생성하는 이치가 곧 끊어질 것이다. 그러므로 만물로서 천지 사이에서 생성하는 것은 둘이 아니고 쉬지 않는 오묘함을 두지 않은 것이 없다. 물은 흐르는 데에 한결같으며, 초목은 자라는 데에 한결같으며, 날짐승은 나는 데에 한결같으며, 들짐승은 달리는 데에 한결같다. 그러나 사람만이 가장 영험하고도 통한 기氣를 얻었지만 사욕私欲이 많기 때문에 그 바름을 이겼니시뺐며 하니, 도리어 키우치고 마친 것이 곧장 그 성性을 이룰 수 있는 것만 못하다. 어찌 슬프지 않겠는가. 그러므로 군자는 주일무적主一無適을 요긴한 말씀으로 삼으니, 이것이 이른바 경敬하면 성실함도 그

가운데에 있다는 것이다. 성誠과 경敬은 본래 두 가지 이치가 아니다.

≪中庸≫曰: "至誠無息." 又曰: "不誠無物." 又曰: "天地之道, 可一言而盡也, 其爲物不貳, 則其生物不測." 夫天道不貳, 不貳故不息, 不息故能生物, 若息則 生理便絶, 故凡物之生於天地間者, 莫不有不貳不息之妙. 水一乎流, 草木一乎 長, 鳥一乎飛, 獸一乎走, 惟人最靈且通者, 而由其多欲, 乃二三其心, 反不如 偏且塞者之能直遂其性, 寧不可哀哉. 故君子以主一無適, 爲要訣, 此所謂敬 而誠亦在其中. 誠敬, 本無二致.

|역주|

- 分刻: 모두 시간의 단위니, 각刻은 대략 15분이다.
- ≪논어論語≫ 〈자한子罕〉에 다음과 같은 말이 있다. "공자孔子께서 냇가에 계시면서 말씀하셨다. '가는 것이 이와 같구나. 낮이고 밤이고 그치지 않는구나.'[子在川上曰 逝者如斯夫 不舍晝夜]"
- 靈且通者·偏且塞者: ≪대학혹문大學或問≫ 권1 〈경일장經一章〉에 다음과 같이 말하였다. "리理로 말할 경우 만물은 일원一原으로 본디 인人과 물物, 귀貴와 천賤의 다름이 없으나, 기氣로 말할 경우 바르고 통한 기를 얻으면 인人이 되고 편벽되고 막힌 기를 얻으면 물物이 된다. 이 때문에 귀해지기도 하고 천해지기도 하여 똑같지 못한 것이다.[以其理而言之 則萬物一原 固無人物貴賤之殊 以其氣而言之 則得其正且通者爲人 得其偏且塞者爲物 是以或貴或賤而不能齊也]"
- 主一無適: 송대宋代 유학자의 수양설修養說로, 경敬을 풀이한 말이다. 마음을 한 곳에 집중하여 다른 곳으로 감이 없는 것, 곧 잡념을 없앤다는 것이다.

우리도 許好光陰
寸陰도 放過마세

우리도 이처럼 좋은 시간
잠깐이라도 대강 넘기지 마세.

許 이와같을 허　好 좋을 호　光 세월 광　陰 세월 음　寸 마디 촌
放 내버려둘 방　過 지날 과

|원주|

- 도간이 말하였다. "대우大禹는 성인聖人인데도 촌음寸陰을 아꼈으니, 일반 사람은 당연히 분음分陰을 아껴야 한다."

　陶(流)[侃]曰: "大禹聖人, 猶惜寸陰, 至如衆人, 當惜分陰."

|역주|

- 光陰: 해와 달이라는 뜻으로, 흘러가는 시간·세월을 이른다.
- 寸陰: 일촌광음一寸光陰(해 그림자가 한 치 정도 옮겨가는 시간)의 줄임말이다.
- 分陰: 일분一分의 광음으로, 촌寸보다 더 짧은 시간이다.
- (流)[侃]: 서본에는 '流'로 되어 있으니, 《진서晉書》〈도간전陶侃傳〉에 의거하여 '侃'으로 바로잡았다. 도간陶侃은 동진東晉의 명장名將으로 도연명陶淵明의 증조부다.

- 大禹聖人……當惜分陰: ≪진서≫ 〈도간전〉에는 '大禹聖者 乃惜寸陰 至於衆人 當惜分陰'으로 되어 있다.

人生百年 많다해도
白首粉如 잠깐이라

인생 백 년 많다고 해도
백발白髮이 성성해지는 것 잠깐이라,

生 삶생   年 해년   首 머리수   粉 가루분   如 같을여

靑春時節 잃고나면
悲歎窮廬 쓸데없다

청춘 시절 잃어버리면
외진 오두막에서 슬피 탄식해도 소용없다.

靑 푸를 청   春 봄 춘   時 때 시   節 절기 절   悲 슬플 비
歎 탄식할 탄   窮 외질 궁   廬 오두막 려

|원주|

- 제갈공명이 말하였다. "나이는 시절과 함께 빠르게 지나가고 의지는 세월과
  함께 떠나버려 마침내 〈초목과 함께〉 시들어 떨어져 〈학문에 이룬 것이 없으
  면〉 외진 오두막에서 슬피 탄식한들 다시 어떻게 미칠 수 있겠는가."

  諸葛孔明曰: "年與時馳, 意與歲去, 遂成枯落, 悲歎窮廬, 將復何及也."

|역주|

- 이 구절은 노년이 되어 젊을 때 부지런히 학문에 힘쓰지 않은 것을 후회하며
  슬피 탄식한 것이다. ≪소학小學≫ 〈가언嘉言 광입교廣立敎〉에 나온다.

하믈며 이時代에
濟川舟楫 누구일까

하물며 이 시대에
강을 건너는 배의 노는 누구일까?

濟 건널 제　　川 내 천　　舟 배 주　　楫 노 즙

|원주|

● 《서경書經》〈열명說命 상上〉에 말하였다. "만약 큰 강을 건넌다면 너를 배의 노로 삼겠다."

　　《書》曰: "若濟大川, 用汝作舟楫."

|역주|

● 若濟大川: 《서경》에는 '大'가 '巨'로 되어 있다. 본래 재상의 역할을 수행함을 비유한 것인데, 여기서는 해방된 한국의 지도자를 비유하였다.

所望이 惟汝英髦
藏器待時하리로다

**바라는 것은 오직 너희 뛰어난 인재가
능력을 갖춰두고 때를 기다리는 것이로다.**

所	바 소	望	바랄 망	惟	오직 유	汝	너 여	英	뛰어날 영
髦	빼어날 모	藏	갖출 장	器	능력 기	待	기다릴 대		

|원주|

● ≪주역周易≫ 〈계사전繫辭傳 하下〉에 말하였다. "군자는 자기 몸에 능력을 갖춰두고 때를 기다리다가 움직인다."

〈繫辭〉曰: "君子藏器於身, 待時而動."

一分子 國民義務
兩肩上에 荷擔하고

한 사람으로서 국민의 의무를
두 어깨에 메고,

分 나눌 분   義 옳을 의   務 일 무   兩 둘 양   肩 어깨 견
荷 멜 하   擔 멜 담

|원주|
- 一分子: 어떤 조직체를 이루는 무리 속의 한 구성원을 말한다.

第一等 偉大事業
他人에게 讓與마소

첫째가는 위대한 사업을
다른 사람에게 넘겨주지 마시오.

第 차례 제   等 등급 등   偉 훌륭할 위   業 일 업   他 다를 타
讓 사양할 양   與 줄 여

|원주|

- 장자(장재張載)가 "천지를 위하여 마음을 세우고, 백성을 위하여 도道를 세우며, 돌아가신 성인聖人을 위하여 끊어진 학문을 잇고, 만대를 위하여 태평한 시대를 열어야 한다."라고 하였으니, 이것이 이른바 '첫째가는 위대한 사업'이라는 것이다.

  張子曰: "爲天地立心, 爲生民立道, 爲去聖繼絕學, 爲萬世開太平." 此所謂第一等偉大事業.

|역주|

- 張子曰……爲萬世開太平: ≪장자전서張子全書≫ 권14 〈근사록습유近思錄拾遺〉에 나온다. 여기에는 '去聖'의 去가 '往'으로 되어 있다.
- ≪근사록近思錄≫ 〈위학爲學〉에는 다음과 같은 정이程頤의 말이 실려 있다.

"첫째가는 일을 사양하여 다른 사람에게 주고 〈자신은〉 우선 둘째가는 일을 하겠다고 말하지 말라. 조금이라도 이와 같이 말한다면 자포자기自暴自棄하는 짓이다.[莫說道將第一等 讓與別人 且做第二等 才如此說 便是自棄]"

經典史冊 있는 말씀
대강 記錄 永言三章

경전과 역사책에 있는 말씀을
대강 노랫말 3장으로 기록함은

經 경서 경   典 경전 전   史 역사 사   冊 책 책   記 기록할 기
錄 기록할 록   永 길 영

|역주|
● 永言: 길게 끌면서 하는 말로, 시詩나 노래를 이른다.

관선정에서 들리는
공부를 권하는 노래

3-45

詠歌舞蹈 옛 法이라
우리 同學 興起코저

노래하고 춤추는 것이 옛 법이라,
우리 동학을 떨쳐 일어나게 하고자 해서다.

右第參章四十五句

이상은 제3장이니, 〈모두〉 45구다.

詠 노래할 영　　歌 노래 가　　舞 춤출 무　　蹈 춤출 도　　興 일어날 흥
起 일어날 기

|원주|

● 이 장에서 말한 것은, 학사學士는 나라의 역량[元氣]이므로 학사를 기름이 가장 긴요한 일이다. 더구나 오늘날은 일대 경장更張해야 할 때니, 교육을 주관하는 사람은 당연히 예와 지금을 참작하여 학교의 제도를 강구하여 밝혀야 하고, 모든 학사는 제 때에 부지런히 노력하여 끊어진 학문을 잇고 태평한 시대를 엶을 자기의 임무로 삼아야 한다.

此章言, 士者國之元氣也. 故養士, 最爲緊務, 況今日是一大更張之會, 則主敎者, 當酌古參今, 以講明學制, 而凡爲士者, 宜及時勉勵, 以繼絶學開太平爲己任, 可也.

● **詠歌舞蹈**: ≪소학小學≫〈소학제사小學題辭〉에 다음과 같이 말하였다. "≪소학≫의 교육 방법은 물뿌리고 비질하며 호응하고 대답하며, 집에 들어와서는 부모에게 효도하고 밖에 나가서는 어른에게 공손하여 동작이 혹시라도 여기에서 어긋남이 없게 하는 것이다. 이것을 실천하고서 남는 힘이 있으면 ≪시경≫을 외우고 ≪서경≫을 읽으며, 노래하여 〈음악의 소리를 익히고〉 춤을 춰 〈음악의 기상을 익히되,〉 모든 생각이 여기에서 넘음이 없어야 한다.[小學之方 灑掃應對 入孝出恭 動罔或悖 行有餘力 誦詩讀書 詠歌舞蹈 思罔或逾]"

관선정에서 들리는
공부를 권하는 노래

소지 小識

≪소학≫에 "〈물을 뿌리고 비질하며 호응하고 대답하며, 집에 들어와서는 부모에게 효도하고 집을 나가서는 어른에게 공손함을〉 실천하고 나서 여력餘力이 있으면 ≪시경≫를 외우고 ≪서경≫을 읽으며 읊조리고 춤을 춘다."라고 하였고, 정자程子가 "옛사람의 시詩는 그 말이 간략하고 심오하여 지금 사람이 쉽게 이해하지 못한다. 그래서 〈내가〉 별도로 시를 지어 아침저녁으로 노래 부르게 하려 한다."라고 하였다. 대체로 초학자에게 글만 읽으라고 하면 싫증을 내고 게으름을 피우기도 하지만 노래를 부르게 하면 쉽게 떨치고 일어나 분발한다. 그러므로 옛사람은 반드시 이것으로 그들을 가르쳤다.

지난 무오년戊午年(1918) 여름에 나는 신도新都(한양漢陽)에 머물렀는데, 일없이 지내는 것이 무료하여 마침내 이 노래를 지었다. 그중 제2장은 국사國史의 대략을 말하여 나의 북받치는 감정을 빗대었으나 당시에는 감추고서 감히 말하지 못한 것이 있었다. 지금은 시국이 예전과는 달라졌고, 경술년庚戌年 이후의 일은 차마 말하기가 쉽지 않으나 말하지 않으면 또한 글을 빠뜨리는 것이 된다. 그래서 그 근본에 입각하여 더 넣은 부분이 있고, 마지막 장章에서 말한 교육에 관련한 것도 시절에 따라 적절한 기준이 달라지기 때문에 아울러 손질하여 매끄럽게 다듬었다. 첫 장만은 이전과 다름없이 보태거나 뺀 것이 없다.

숲속의 집에서 일없이 한가하게 지낼 때마다 마을의 수재秀才 몇몇 사람에게 함께 목청껏 부르게 하니, 노래를 부르는 사람과 듣는 사람이 모두 흥취가 있었다. 그러나 나의 보잘 것 없는 학문으로 이 노래를 지은 것이 매우 분수에 넘치고 망령되나, 몽학蒙學을 권면하는 데에 혹시 조그마한 보탬이라도 있을까. 읽는 사람은 양해하기 바란다.

을유년(1945) 중양절(9월 9일)

겸산 홍치유 쓰다

小識[*]

≪小學≫日: "行有餘力, 誦詩讀書, 詠歌舞蹈." 程子曰: "古人詩, 其言簡奧, 今人未易曉. 別欲作詩, 令朝夕歌之." 蓋初學, 使只讀書, 則或生厭倦, 而詠歌則易爲興起. 故古人必以是敎之也. 往在戊午夏, 余客于新都, 閒居無聊, 遂作此歌. 其第二章, 言國史大略, 以寓余感慨, 而當時有諱不敢言者矣. 見今世局異於前日, 庚戌以後事, 言之雖不忍, 不言則亦爲闕文. 乃就其本, 有所添入, 而末章所言敎育, 亦有因時異宜, 故並加修潤, 惟首章依前無加減. 每林齋事閒, 令村秀數輩, 並喉唱之, 歌者與聽者, 俱有興趣焉. 然以余蔑學, 著此甚僭妄, 而其於勸蒙, 則庶或有少補耶. 覽者恕之.

乙酉重陽節 兼山 洪致裕 識

---

[*] 책 끝에 그 책의 성립·전래·간행 경위·배포 등에 관한 사항을 간략하게 적은 글이다. 후서後序·후지後識·후기後記·후제後題·후발後跋·제題·제발題跋·발跋·발어跋語·지識·서후書後 등으로 표현하기도 한다.

겸산 홍치유 간략 연보年譜

서기 (간지)	왕력	나이	기사
1879 (기묘)	고종 16	1	▪ 5월 12일, 경북 봉화현奉化縣 두곡리斗谷里에서 만우晩愚 홍철후洪哲厚와 안동安東 권씨權氏의 둘째 아들로 태어남
1884 (갑신)	고종 21	6	▪ 어머니 안동 권씨가 세상을 떠남
1885 (을유)	고종 22	7	▪ 족숙族叔 돈녕敦寧 홍만후洪晩厚에게 수학함. 15세가 되기 전에 문리文理가 일찍 이루어져 사서四書와 육경六經을 깊이 통달하고, 제자서諸子書와 역사서歷史書에 두루 미침
1891 (신묘)	고종 28	13	▪ 성재省齋 권상익權相翊을 사사師事함 ▪ 면우俛宇 곽종석郭鍾錫의 집을 드나들며 의심나는 곳을 물었는데, 경술經術과 문장文章이 노성老成하다고 인정을 받음
1895 (을미)	고종 32 (개국開國 504)	17	▪ 의성義城 김씨金氏(약봉藥峰 김극일金克一의 후손 김진상金鎮相의 딸)를 아내로 맞이함
1896 (병신)	고종 건양建陽 1	18	▪ 독서로 겨울을 보낼 계획으로 문수산文殊山 중대사中臺寺에 들어감. 이 이후로 학문에 뜻을 둔 원근의 어린이들이 집을 찾아오기에 마침내 자택에 강좌를 개설하여 후진양성을 자기의 책무로 삼음

서기 (간지)	왕력	나이	기사
1903 (계묘)	대한제국 광무光武 7	25	■ 아버지 만우공을 모시고 상경上京함. 무관학교武官學校를 신설하고 학생을 모집하였는데, 당시 재상이 홍치유에게 머리를 깎고 응시하라고 하였으나 홍치유는 시사時事가 날로 그릇되는 것을 보고서 서울에 오래 머물고 싶지 않고 무예로 벼슬하고 싶지 않았으며, 또 평소의 뜻이 아니었기 때문에 훌훌 털고 귀향함
1911 (신해)	일제병탄기 日帝倂呑期	33	■ 아버지 만우공이 막내 아들 홍기유洪岐裕를 데리고 풍기군豊基郡 금계촌金鷄村으로 이주하니, 이해 겨울에 예안禮安 용산정사龍山精舍에서 잠시 지냄
1916 (병진)		38	■ 동북방의 산천과 풍요風謠를 두루 살펴보고자 관동關東에서부터 관북關北까지 왕복 7개월 동안 유람함. 유람하면서 시문詩文을 기록한 ≪산해록山海錄≫이 있음
1917 (정사)		39	■ 10월에 또 호서湖西와 영남嶺南으로 유람을 떠나 지리산·계룡산의 명승과 여러 도회지의 명소를 두루 살펴봄. 〈서유기행西遊紀行〉이 있음
1918 (무오)		40	■ 한양에 있으면서 〈영언永言〉을 지음
1921 (신유)		43	■ 충북 보은으로 이주함 ■ 삼가리三街里·봉비리鳳飛里·누저리樓底里(현 누청리) 등지에서 후진을 양성함
1922 (임술)		44	■ 8월에 아버지 만우공이 세상을 떠남 ■ 10월에 어머니 의성 김씨가 세상을 떠남

서기 (간지)	왕력	나이	기사
1927 (정묘)		49	▪ 봄에 남헌南軒 선정훈宣政薰의 청을 승낙하여 관선정서숙觀善亭書塾에서 강의를 함. 이후 12년 동안 교수로서 강단을 주재함 ▪ 마침내 관선정서숙이 있는 보은군 속리면俗離面 하개리下開里로 이주함
1942 (임오)		64	▪ 대구大邱 사격동山格洞에 임시로 잠깐 내려가 지냄
1943 (계미)		65	▪ 충북 보은 종곡리鍾谷里로 돌아와 지냄
1945 (을유)		67	▪ 봄에 길상리吉祥里로 이주하여 새로 몇 칸짜리 초가집을 짓기 시작함 ▪ 〈영언永言〉을 개수改修함
1946 (병술)		68	▪ 12월 26일에 세상을 떠남

* 이 〈연보〉는 겸산 홍치유 선생의 큰아들 홍사익洪思翊이 지은 〈선고겸산부군유사先考兼山府君遺事〉와 문인 전 성균관대학교 교수 신석호申奭鎬가 지은 〈겸산홍선생묘비兼山洪先生墓碑〉에 의거하여 작성하였다. 두 글은 모두 ≪겸산집兼山集≫에 부록되어 있다.

초본初本·개수본改修本 대조표

* 초본과 개수본을 나란히 배치하여 한눈에 차이점을 알 수 있게 하였기 때문에 그 차이점을 하나하나 글로 풀이하지 않고, 내용상 차이가 있는 부분을 삭제, 문구 수정, 글자 수정, 순서 바꿈, 증보로 분류하여 간략히 작성하였다.

	초본		개수본	비고
1	乾父坤母 合德하야 化生하니 우리同胞	1	乾父坤母 合德하야 化生하니 우리同胞	
2	廣大한 天地間에 人身이 至微하다	2	廣大한 天地間에 人身이 至微하다	
3	至微코도 至重하니 陰陽五行 具備하다	3	至微코도 至重하니 陰陽五行 具備하다	
4	頭圓하니 像天이오 足方하니 像地로다	4	頭圓하니 像天이오 足方하니 像地로다	
5	肩背는 山岳갓고 胸腹은 河海로다	5	肩背는 山岳같고 胸腹은 河海로다	
6	形體도 조커이와 마음하나 웃듬이라	6	形體도 좋거니와 마음하나 으뜸이라	
7	於皇上帝 降衷하니 民之秉彝 이안인가	7	於皇上帝 降衷하니 民之秉彝 이 아닌가	
8	元亨利貞 그理수로 仁義禮智 四德이라	8	元亨利貞 그理수로 仁義禮智 四德이라	
9	極天罔隊 이性稟이 古今사람 同得이라	9	極天罔墜 이性稟이 古今사람 同得이라	
10	밝고밝은 寶鑑이요 말고맑은 止水로다	10	밝고 밝은 寶鑑이오 맑고 맑은 止水로다	
11	耳目口鼻 못慾心이 日以心鬪 무삼일고	11	耳目口鼻 못慾心이 日以心鬪 무삼일고	
12	七情이 熾蕩하야 六馬갖이 橫奔이라	12	七情이 熾蕩하야 六馬갖이 橫奔이라	
13	蚩蚩한 衆人들언 赴水蹈火 可憐하다	13	蚩蚩한 衆人들은 赴水蹈火 可憐하다	
14	禽獸갖이 지내다가 草木갖이 썩어지면	14	禽獸같이 지내다가 草木같이 썩어지면	
15	浪生浪死 姑舍하고 사람일흠 붉그럽다	15	浪生浪死 姑舍하고 사람 이름 부끄럽다	
16	古聖賢이 盛德大業 別件物事 안이로다	16	古聖賢의 盛德大業 別件物事 아니로다	
17	惇倫하고 崇禮하고 持敬하고 存誠하니	17	惇倫하고 崇禮하고 持敬하고 存誠하니	
18	本分上에 우리學問 日用常行 茶飯이라	18	本分上에 우리學問 日用常行 茶飯이라	
19	帝幼時로 講習하야 習與性成 오래지면	19	童幼時로 講習하야 習與性成 오래지면	
20	厥初에 稟受하든 氣質조차 變化하네	20	厥初에 稟受하던 氣質조차 變化하니	
21	柔한者도 堅剛하고 愚한者도 智慧잇서	21	柔한 者도 堅剛하고 愚한 者도 智慧있어	

	초본		개수본	비고
22	希賢하고 希聖하니 踐形惟肖 이안인가	22	希賢하고 希聖하니 踐形惟肖 이안인가	
23	非人이면 不學이요 不學이면 非人이라	23	非人이면 不學이오 不學이면 非人이라	
24	古人이 嘉言善行 方策에 自在하다	24	古人의 嘉言善行 方策에 自在하다	
				이상 1장
1	鴻濛日月 어느때요 書契以前 尙矣로다			삭제
2	聖人이 首出하니 人文이 宣朗이라			
3	河圖바다 八卦긋고 洛書나자 九疇로다			
4	白日이 中天하니 唐虞時代 文明하다			
5	우리東國 갖이밝아 檀木下에 神君이라	1	朝日鮮明 우리 나라 首出神聖 檀君이라	문구 수정
		2	君臣男女 秩序 있고 室廬服食 創制하니	증보
		3	太古라 淳厖時代 有國無史 千年이라	
6	白馬가 東出하니 开田가에 楊柳로다	4	扶餘氏 北渡하고 殷師白馬 東出하야	문구 수정
7	八條政펴 인後에 禮樂文物 彬夕하다	5	八條禁令 宣布하니 井田가에 楊柳로다	
8	三韓世界 分裂하야 戰伐은 무삼일고			삭제
		6	聖子神孫 繼繼터니 馬韓以後 衰弱이라	증보
9	仙桃山 龍馬소래 娠賢肇邦 非常하다	7	仙桃山 龍馬소리 娠賢肇邦 非常하다	
10	三姓이 相傳하니 揖讓遺風 可觀이라	8	三姓이 相傳하니 揖讓遺風 可觀이라	
		9	薩水에서 隋軍擊破 乙支公의 神勇이오	증보
		10	渡海하던 百濟王仁 日本文字 始祖로다	
		11	濟麗二國 統合후에 新羅文物 全盛터니	
		12	千年寶錄 一朝黃葉 麻衣入山 可憐하다	
11	文武衣冠 高麗國에 基業이 鞏固터니			삭제
		13	麗太祖의 寬仁大度 以正得國 天授로다	증보
		14	莫重한 訓要中에 首先崇佛은 무슨 일고	
		15	興儒學 奉聖像은 晦軒先生德業이라	
12	尙佛하자 短祚하니 野花詩句 可憐하다			삭제
		16	耘谷直史 不傳하니 禑昌時事 模糊하다	증보
13	善竹橋 붉은피난 理學中에 忠義로다	17	善竹橋 붉은 피는 理學中에 忠義로다	
14	漢陽城 蔥瓏佳氣 仙李樹에 王春이라	18	漢陽城蔥瓏佳氣 仙李樹에 王春이라	
		19	威化回軍 英武蓋世 天命人心 有歸로다	증보

관선정에서 들리는
공부를 권하는 노래

초본		개수본		비고
		20	海州秬黍 南陽磐石 雅樂이 始備하고	
		21	欽敬閣에 玉漏設置 訓民正音 創造하니	
		22	世宗의 文武大業 天縱하신 聖智시고	증보
		23	集賢殿 雪夜貂裘 待士恩禮 特殊터니	
		24	淸泠浦 子規소리 千古寃恨 그지없다.	
		25	戊午士禍 繼作하니 士林喪氣 어이할고	
15	慶會樓 賞花宴에 滿朝百官 盡醉하다	26	慶會樓 賞花宴에 滿朝百官 盡醉하니	
16	中仁盛際 이안인가 三代至治 庶幾터니	27	明良際會 이 아닌가 三代至治 庶幾러니	문구 수정
17	禁葉虫彫 可痛하다 先正文臣 被禍하내	28	禁葉蟲彫 可痛하다 先正文臣 被禍하네	
		29	仁廟自在東宮으로 經學士를 擬用터니	
		30	踐阼하자 短祚하니 臣民哀慟 가이없다	증보
		31	河西不復出仕하고 花潭終不隱遜이라	
18	一綱十目剴切議論 國朝에 龜鑑이라	32	一綱十目剴切議論 國朝의 龜鑑이오	
19	千載예 寒水秋月 海東考亭 다시밝고	33	千載에 寒水秋月 海東考亭 傳心하니	문구 수정
		34	大爐鞴의 鑄人手段 門人多出名賢이라	증보
20	聖學要輯 經國忠謨 百世可 仰高山이라	35	聖學輯要 經國忠謨 卓立師表高山이라	문구 수정
		36	壬辰大亂 잊을소냐 四賢相의 中興勳業	
		37	閑山島龜甲船은 忠武公의 武略이라	
		38	堂堂義旗紅衣將軍 攻成身退 더욱 높고	
		39	儒臣으로 洪州靖亂 治亂可仗文武全才	
		40	沙愼兩世談經問禮 學訣曾有法門이오	증보
		41	萬東廟風泉齋는 尊攘大義自任이라	
		42	陜州碑 세운후에 海不揚波口傳한다	
		43	磻溪隨錄 星湖僿說 燕巖日記 茶山遺書	
		44	林下碩學 大經綸을 無人採用 可惜하다	
21	五百年 菁莪治化 群賢이 輩出하니	45	五百年 右文治化 群賢이 輩出하니	
22	至今가지 東華禮俗 世界上에 可稱이라	46	禮義東方朝鮮國이 世界에 빛나더니	문구 수정
23	終南山 喬木남기 나이늙어 속이썩내	47	終南山 喬木나무 나이늙어 속이 썩네	
24	科業上에 賢良이요 地閥中에 公輔로다	48	黨議 나자 公論 업고 詞章之弊 又其뇌야	
25	黨議니고 公論업나 詞章之弊 文具로다	49	科業上에 賢良이오 地閥中에 公輔로다	순서 바꿈

	초본		개수본	비고
26	作用人材 如許하니 國家元氣 衰해져다	50	登用人材 如許하니 國家元氣 衰해졌다	글자 수정
27	秋日凄夕 잇대로다 百卉俱腓 어이할고			삭제
28	滔夕한 功利說은 世局이 桑瀾이요	51	紛紛한 邪誕教는 正路가 榛塞이오	순서 바꿈
29	紛한 邪誕教난 正路가 榛塞이라	52	滔滔한 功利說은 世局이 桑瀾이라	
30	宇宙에 비겨서서 往古來今 生覺하니			삭제
31	剝復消長 變化中에 陽無可盡 理수로다			
32	世代升降 不同하나 萬全無弊 吾道로다			
33	自古로 賢人達士 夫子門庭 단여와내			
34	宗廟百官 아름답고 倉廩府庫 崇夕하다			
35	年少한 우리同志 平實地에 基礎잡아			
36	農山에 길을뭇고 洙水에 根源차자			
37	가고가면 第一宮墻 바라보고 올나가세			
38	天地萬物 化育한데 日月光明 그곳이라			
		53	海寇乘虛闖入하야 乙巳脅約 敢行한다	증보
		54	丁未六月 海牙會議 義士噴血鳴冤하고	
		55	哈爾濱驛 霹靂聲은 元兇伊藤 除去했다	
		56	그러나 賊臣賣國 庚戌國恥 痛憤하다	
		57	三十六年 敵治中에 우리民族 哀憐하다	
		58	姓名이 제姓名가 言語가 내말인가	
		59	自手로 勤農해도 粒穀朶棉 못얻는다	
		60	鳥獸皮 草木根도 男負女戴 供出하고	
		61	村村이 漏屋中에 날로 무는 無名雜稅	
		62	哀此孤兒寡婦에게 國債券이 奚當한가	
		63	大學中學卒業生을 몰아가서 南洋冤魂	
		64	報國隊가 무엇인지 獨子라도 가서 죽고	
		65	無知한 幼稚들을 學校마다 모와다가	
		66	語學인지 體育인지 狐魅豚犬 다되였다	
		67	穢惡이 貫盈하니 皇天이 無心할가	
		68	列强國에 宿虎衝鼻 아니亡코 어이할고	
		69	原子彈 一二介에 百萬强兵 束手로다	

관선정에서 들리는
공부를 권하는 노래

초본	개수본	비고
	70 大韓獨立 公議있어 萬國 함께 承認이라	
	71 積年苦心 海外諸公 唾手一笑 돌아오니	
	72 自治政權 在我하나 庶事草創 어이할고	
	73 血氣있는 우리同胞 이제더욱 奮發하자	
	74 有人이면 有國이니 世道挽回 누가 할고	
	75 深痼한 前日弊習 어서 바삐 除去하고	증보
	76 自主의 祖國精神 어서 바삐 喚覺하소	
	77 倫綱부터 樹立하고 風俗漸次改革하야	
	78 檀箕古國 좋은 疆土 永久維持하여보세	
	79 우리도 四千餘年 歷史있는 나라이니	
	80 亂極思治 此時機에 老夫一言 省念하소	
		이상 2장
1 精一執中 한말삼이 千聖傳授 心法이라		
2 思無邪는 詩예잇고 毋不敬은 禮云이라		
3 尊德性은 思傳이요 養浩氣는 鄒訓이라		삭제
4 窮理正心 修己治人 大學校에 條目이요		
5 愛親敬長 隆師親友 小學中에 先務로다		
	1 自有生民以來로 最先務가 敎育이라	증보
	2 爲國이 係人이오 作人은 由學이라	
6 大哉라 聖賢마음 天下萬世 근심하사	3 大哉라 聖賢마음 天下萬世근심하사	
7 사람되라 사람되라 萬語千言 丁寧하다	4 사람되라 사람되라 建學養士하였도다	문구 수정
8 嗟哉라 우리後學 그本意을 體念하소		
9 人道가 不明하면 天地도 長夜로다		삭제
10 人身이 不修하면 家國이 어이되랴		
11 우리도 聰明男子 되고보면 오른사람		
	5 士者의 重要함이 四民의 머리되야	
	6 詩書禮樂 熟講하고 孝悌忠信 雅行이라	
	7 草野에 閒居해도 責任이 非輕하니	증보
	8 得位하면 輔世長民 自己의 分內事라	
	9 藝術이 不明하면 士習因以頹敗하고	

초본	개수본	비고
	10 學業이 不正하면 世道爲之低殘이라	증보
	11 是故로 聖王設教 節目이 詳明하니	
	12 大學의 三綱領이 修己後에 治人이오	
	13 周禮의 鄕三物이 德行과 六藝로다	
	14 本末이 有序하고 體用이 該備하니	
	15 이것이 眞正學問 萬世에 無弊로다	
	16 近世의 山林諸家 說心說性 專門이오	
	17 이밖의 俗儒들은 記誦詞章而已로다	
	18 儒者가 價値 없어 世人唾罵 難免이라	
12 古今事理 通達코저 博學하고 審問하니		순서 바꿈 개수본 20-26
13 審問博學 조건마난 篤行工夫 最難하다		
14 萬卷詩書 다읽어도 無一善行 可稱하면		
15 이내몸에 무삼有益 不學無識 다름업다		
16 百千枝能 다하여도 心術하나 不正하면		
17 事爲上에 差錯잇서 小人罪名 難免이라		
18 古今사람 歷ﾉ하니 두렵고도 두렵도다		
19 勖哉어다 우리同類 實地眞工 하여보세	19 勖哉어다 우리同志 實地眞工 하여보세	
	20 古今事理 通達코저 博學하고 審問하니	
	21 審問博學 좋건마는 篤行工夫 最難하다	
	22 萬卷詩書 다 읽어도 無一善行可稱하면	
	23 이내몸에 무슨 有益 不學無識 다름 없고	
	24 百千技能 다하여도 心術 하나 不正하면	
	25 事爲上에 差錯있어 小人罪名 難掩이라	글자 수정
	26 古今사람 歷歷하니 두렵고도 두려울사	
20 敬字로 樞要삼아 收斂身心 날노하고		삭제
21 勿字旗脚 굿게세와 視聽言動 禮로하면		
22 滿腔塵垢 씨처가고 淸明之氣 在躬이라		
23 智水仁山 이내氣象 霽月光風 이내襟懷		
24 本心天이 다시밝아 萬殊一本 可見이라		
25 古人이 下學上達 다른法이 안이로다		

관선정에서 들리는
공부를 권하는 노래

초본		개수본		비고
		27	曾氏의 (母)[毋]自欺와 顔子의 不貳過를	증보
		28	銘心하고 佩服하야 反省自修하고보면	
		29	斯學의 單符的訣 此外에 다시 없다	
		30	餘力으로 游於藝術 德備才全하리로다	
26	今日에 一理알고 明日에 一事行해	31	今日에 一理 알고 明日에 一事 行해	
27	百日되면 能百이요 千日되면 能千이라	32	百日되면 能百이오 千日되면 能千이라	
28	日行千里 조흔말도 안이가면 駑馬되고	33	日行千里좋은말도 아니가면 駑駘되고	글자 수정
29	一簣라도 積累하면 九仞山도 可成이라	34	一簣라도 積累하면 九仞山도 可成이라	
30	天道도 至誠無息 不誠이면 無物이라	35	天道도 至誠無息 不誠이면 無物이라	
31	流水도 가고가고 白日도 가고가니	36	流水도 晝夜不捨 白日도 分刻無停	문구 수정
32	우리도 조흔光陰 一時라도 放過마세	37	우리도 許好光陰 寸陰도 放過마세	
33	人生百年 만타해도 白首粉如 暫間이라	38	人生百年 많다해도 白首粉如 잠간이라	
34	靑春時節 잊어뿔면 悲歎窮廬 쓸대없다	39	靑春時節 잃고나면 悲歎窮廬 쓸데없다	
		40	하물며 이時代에 濟川舟楫 누구일까	증보
		41	所望이 惟汝英髦 藏器待時하리로다	
		42	一分子 國民義務 兩肩上에 荷擔하고	
		43	第一等 偉大事業 他人에게 讓與마소	
35	聖經賢傳 이난말삼 대강記錄 永言三章	44	經典史冊 있는 말씀 대강 記錄 永言三章	문구 수정
36	詠歌舞蹈 옛法이라 우리同志 興起코저	45	詠歌舞蹈 옛法이라 우리同學 興起코저	
				이상 3장

관선정에서 들리는 공부를 권하는 노래
겸산 홍치유 선생 권학가兼山 洪致裕 先生 勸學歌

2020년 10월 5일 초판 1쇄 발행

저자	홍치유
역주	전병수

발행인	전병수
편집·디자인	배민정
교정	박승주
삽화	조은정

발행	도서출판 수류화개
등록	제569-2015002015000018호 (2015.3.4.)
주소	세종시 한누리대로 312 노블비지니스타운 704호
전화	044-905-2248
팩스	02-6280-0258
메일	waterflowerpress@naver.com
홈페이지	http://blog.naver.com/waterflowerpress

ⓒ 도서출판 수류화개, 2020

값 24,000원
ISBN 979-11-971739-0-5(93810)
CIP 2020039017

* 이 발행물은 2020년도 문화체육관광부 '지역출판산업활성화지원사업' 예산을 지원받아
제작한 것입니다.

이 도서의 국립중앙도서관 출판예정도서목록(CIP)은 서지정보유통지원시스템 홈페이지
(http://seoji.nl.go.kr)와 국가자료종합목록 구축시스템(http://kolis-net.nl.go.kr)에서 이용하실 수
있습니다. (CIP제어번호 : CIP2020039017)